小江湖

方丈大哥 著

北京联合出版公司
Beijing United Publishing Co.,Ltd.

一未文化　　非同凡响

北京一未文化传媒有限公司
www.bjyiwei.com
出品

世事如潮,人为舟船,
我等皆在风浪之中,争一线生机。

CONTENTS

目 录

001	引　子	
003	第一章	好酒好蔡
014	第二章	螳螂捕蝉
020	第三章	鸿运当头
027	第四章	Nikushou 餐厅
035	第五章	大班楼记
041	第六章	Zachys 拍卖行
047	第七章	前功尽弃
050	第八章	Sushi Kado 寿司店
063	第九章	山穷水尽
070	第十章	柳暗花明

1

076	第十一章　小酌怡情
082	第十二章　一锤定音
089	第十三章　你的人生
099	第十四章　意乱情迷
107	第十五章　Il Negozio 男装定制
115	第十六章　南堂邓记
122	第十七章　以德报怨
129	第十八章　清水湾俱乐部
135	第十九章　中国会
145	第二十章　美好的鸽血
158	第二十一章　比翼双飞
164	第二十二章　阴晴圆缺

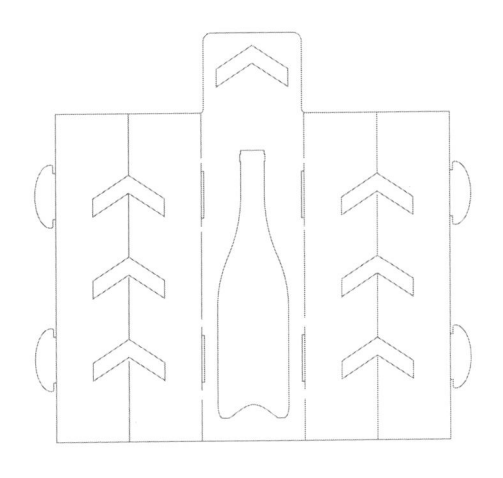

172	第二十三章	触手生春
181	第二十四章	隆中对
186	第二十五章	千头万绪
194	第二十六章	开宗立派
202	第二十七章	巴黎银塔
209	第二十八章	碧莎酒庄
215	第二十九章	勃艮地主
221	第三十章	苦尽甘来
227	第三十一章	解疑释惑
232	第三十二章	山盟海誓
241	尾　声	

引子

清晨,半山平层。

柴小战被手机持续的振动声吵醒,他拿起手机,看也不看,就摁下了关机键,扔到一旁……

IFC 楼下围了很多记者,一辆阿尔法驶入,记者一拥而上。

穿着 Il Negozio[①] 的帅气小伙儿,昂首挺胸地走进大堂,随着咔嚓咔嚓的快门声,记者争先恐后地提问,柴小战一一挥手拒绝。

柴小战回到办公室开始收拾东西,随后走进了

---

① 服装品牌。

人力资源部的办公室。

"邝总,这是我的辞呈。"

"柴总,您这是?"邝总故作惊讶。

"我会赔偿公司一个月的薪酬,即刻辞职。给您和公司带来的不便,还请谅解。"

"明白,那我给您办理。希望有朝一日,您能再次回到公司,指导我的工作。"

这一刻,柴小战彻底失业了。曾经倾注心血才得到的工作、热爱的工作,全都没有了。他径直离开公司。记者围追堵截,柴小战一概不理,上了车。

封闭的车厢隔绝了外界的喧哗,静谧的空间,柴小战思绪翻涌。

这一年的经历,恍若隔世……

第一章 好酒好蔡

一年前。

2008年3月,江城,风雨欲来。

好酒好蔡,作为江城最顶级的餐厅之一,本着装新如旧的原则,三千万的装修费,只有六个包间。人均消费三千元起,相当于一般家庭一个月的餐费。

每一家顶级餐厅的背后都有一个超级富豪做背书。昂贵的房租、明星级的后厨团队、顶级的室内设计师,连灯光都是独立团队设计。背后的那位大佬儿,名字响彻江城。商界巨头,为江城能拥有一家顶级食府,默默奉献。

主厨老蔡,是幕前的明星,贝克汉姆家宴都曾邀请他来掌勺。曾经在上海滩创业失败。回到广州,靠创新潮州菜,重新获得市场的认可,然后凭借自己强大的人脉,在江城这片魔幻之地,打下餐饮业的一片江山。

好酒好蔡之所以迅速赢得江城一众富豪的喜爱,在众多原因中,好吃当然是第一位的。老蔡连做一碗接地气的酸辣面,都能让食客动容,更不用说那些山珍海味了。

老蔡的每道料理都源于传统,但又增加了科学家般的创新元素。一个化学男研究料理,探讨的是分子,是碰撞的反应,是更合理的改变。如果你有幸能拜访,一定要试试他做的甜品,用工业级打磨机打磨出来的冰激凌,让颗粒更细,更绵柔。

餐厅需要提前定位。来这里用餐的人,非富即贵。

天字号包间,一名身量不高的肥胖男子坐在主位,如数家珍地介绍着"老蔡"的拿手菜。他叫肖福庆,虽然身材油腻,但是一脸端庄。他一边指挥着男助理开酒,一边忙不迭地介绍:"这1928年的Salon(沙龙白中白香槟酒)极为罕见,酒庄里也只有三瓶!"在男助理的细心"呵护"下,酒塞发出"嘶——"的一声。

"这一声,俗称少妇的叹息。"肖福庆继而补充道,一脸"恶趣味得逞"的扬扬得意。

肖老板的地产公司2007年IPO上市,狠狠地赚了一笔,赚了钱就要花,变着花样地花。他赚钱有运气,花钱也很有天赋。他爱吃,吃得讲究,上至顶级餐厅,下至街边小馆,皆是可混个头脸的"座上宾"。他也爱喝,喝得大气。但凡让助理去拍卖行,势必要为了那些名庄、康帝一直举牌举到别人不举为止。

肖福庆让助理介绍了下今晚的用酒再出去。从香槟区1911年的流星，再到已逝酒神 Henri Jayer[①]，说得肖福庆频频点头。介绍完，肖福庆便让他便离开了。

偌大的包间里只有三个人，除了肖老板，还有有"江城女壳王"之称的高兴和她的新助理姚秋秋。

高兴虽然已经五十岁了，保养得却是极好的，身材略微有些发福，却因饱满而显得神采奕奕，远观之下肤若凝脂，即便朗声大笑也难寻几丝皱纹。

高兴是江城知名的女强人，热衷工作，从未婚嫁。手上翠绿翠绿的老坑翡翠镯子已是价格不菲，脖子上的翡翠项链更是相传为当年老佛爷的挚爱之物。拍卖行的专家连同故宫的专家一致认为，以当年的国力来看，除了老佛爷，没人凑得出这么一串老坑翡翠来。钻眼的手法也出自清宫造办处，当年太监们趁乱从宫里偷出来卖给了洋人，法国的顶级珠宝商又卖给了美国名媛。

然而这兜兜转转，最后还是回到中国人的手里。

高兴的助理姚秋秋，标准的"九头身"美少女。身材本就高挑，又穿了双细高跟鞋，即刻便有了一米八几的既视感。看似不起眼的黑色西服，将身材勾勒得玲珑有致，侧开衩的半身一步裙，一双裸露的长腿颇为打眼。长发工整地扎着马尾，露出光洁的前额，越发显得朝气蓬勃。眼睛又大又明亮，鼻子饱满挺立。只是轻吟浅笑，便让人不自觉地投去目光。

[①] 亨利·贾伊，勃艮第最著名的葡萄酿酒师之一。

姚秋秋刚进入公司不久，就接到了关于工作调动的通知，成为女强人高老板的贴身秘书。原来的秘书已经升职为总监，负责公司新业务拓展。来不及思考自己何德何能，职业的上升空间已足够让姚秋秋兴奋。更何况，给女强人高兴做助理，这是多么值得炫耀的工作啊！

不知道是不是姚秋秋太过亮眼的缘故，肖福庆男助理的眼光时不时地就偷瞄过去，让肖福庆颇为不满。首先，做助理，就要少看不该看的，美女再好看也要忍着，这是规矩。其次，以肖福庆对柴小战的了解，他不至于在这样的场合下不懂分寸。

肖福庆的助理，名叫柴小战，江城C大毕业生。原本一心报考金融专业的他，却因为两分之差被调剂去了电子工程专业，也因此，GPA只有可怜的2.3。毕业面试了无数公司，他却因为专业不对口，一直没有着落，直到遇见了肖福庆。

肖福庆是什么人？农村出来的企业家。从搬砖的工人到包工头，再到现在的地产上市公司主席，什么人肖老板没见过？他一眼就相中了柴小战，多少有点惺惺相惜的成分。

柴小战年幼丧父，后来母亲改嫁不知所终，他跟着年迈的爷爷奶奶，靠着亲戚们的帮衬接济，才得以长大成人。识得人情冷暖的孩子，才能踏踏实实地吃得下苦，这是肖福庆站在自身角度的经验。另外一个层面，柴小战思路清晰，目标明确。与其说他对赚钱抱有热忱，不如说他对出人头地极为渴望。也因此，柴小战肯钻研也肯琢磨，偶尔提出一两个点子总能让肖福庆耳目一新。最重要的是他忠诚可靠，不爱说话，像军人一样绝对地服从命令，所以太适合做自己的助理了。

当然，柴小战选择肖福庆，却也不仅仅是为了挣份工资，混口饭吃。

柴小战虽然家境贫寒，却并非出生微寒。早些年柴父也曾闯荡江城，在商场打下过一片江山，虽算不上大富大贵，也是当年数得上的一号人物。人在意气风发之时，多少会忘形，因而忽略了身边潜在的危机。一次冒进的投资，柴父赌上所有身家，却不承想功亏一篑。此后，他一蹶不振，回到家乡没几年，便郁郁而终。

柴小战初记事时，便经历了家中的起落变故。虽然柴父从未对柴小战有过多的要求和期许，但从家道中落的那一刻起，柴小战就已经下定决心，总有一天，要重回江城，把父亲当年在这里失去的，重新找回来。

柴小战表面上学术不精，核心原因还是在于所学专业非自己的志向所在。其次，从大学开始就自给自足的他，大部分的时间放在了勤工俭学上，这也是无奈之举。

不过有着遗传基因的天赋，加之幼年时的耳濡目染，柴小战在勤工俭学的路上走得倒是顺风顺水：小到兼职写手、笔记售卖，大到校园情感联谊会、快递收纳承包，总能够化零为整，把单纯的劳力输出进行小规模化的团队协作。

但再顺风顺水的校园买卖，也不过是麻雀啄米、蚰蟮啃土，小打小闹。想要真正地涉猎商场，仅凭柴小战这一穷二白的身家背景，可谓难上加难。

除了赚钱，柴小战的另一大爱好是红酒，这当然也是继承了柴父的遗志。当年柴父风光之时，柴小战还是个乳臭小儿，美酒自是无缘一品，但犹记得老爸当年沉醉的姿态。到如今，虽然没钱饮佳酿，却有时间下功夫，大二的时候，他就因为对红酒的喜爱和钻研，短暂胜任过某时尚杂志的生活专栏写手。扛着笔名，吃着泡面，在宿舍对着隔壁床的抠脚大汉，他倒也杜撰出不少上流社会推杯换盏的奢靡生活。

在柴小战眼里，肖福庆有两大优势：其一，他表面上是个暴发户，但归根结底还是个场面上的生意人，跟着他，大概是柴小战现阶段最能接近商场的捷径；其二，他懂吃会玩，特别在红酒上更舍得一掷千金，这对于柴小战来说，无异于打开认知红酒新世界的大门；其三，是深埋在柴小战心里的秘密，想要把父亲当年失去的找回来，肖福庆亦是那个关键一环。

柴小战曾经见证肖福庆和一个女明星的老公，争夺一箱 La Romanne Conti（罗曼尼·康帝酒园）1988OWC，举牌举到拍卖会现场频频鼓掌。连葡萄酒专家都在劝两边不要意气用事，生怕坏了招牌。最后还是肖福庆用四倍价格拍了下来。肖老板不仅没有心疼还非常自豪地和朋友们介绍："这可是全世界最贵的1988年康帝，四百多万算个屁。老子姓肖，见谁不服就要削。"每每回想至此，柴小战就忍不住地热血沸腾。

柴小战频频偷看姚秋秋，而这时的姚秋秋也在趁人不注意，将目光悄悄地投向柴小战。只因这对年轻男女，早在五年之前，就有一段渊源。

五年前，C大。初入大学校门，柴小战便与姚秋秋相识，青葱年少，心无旁骛，相见两欢，这对懵懂的青年迅速走在了一起，兜兜转转，过了三年才分手。

而分手的原因，也是一言难尽。姚秋秋是虔诚的教徒，父母和周围教友都奉守婚前禁止性行为。柴小战正是精力旺盛的年纪，怎耐得住清心寡欲。两人都有自己的苦衷，最终情未了，缘已尽。

姚秋秋当然不是冥顽不灵的守旧派，只是心知肚明，校园中的恋爱往往都谈个热闹，很难圆满。而男人说到底还是下半身思考的动物，与其为一段不确定的感情交付身心，不如保住自己的信仰，专心读书。

柴小战自然也不是强人所难的激进派，知道自己一穷二白，根本给不了姚秋秋想要的未来，自然也能理解姚秋秋的瞻前顾后。

至于跟姚秋秋分手之后转身接受了学妹的追求，柴小战也是有自己不得已的打算。只不过在姚秋秋眼里，柴小战的快速转投她人怀抱，坐实了他以色为先的不良印象。原本两人的好聚好散后来竟有些剑拔弩张。

柴小战离开包间，在外面吃了碗猪颈肉炒出前一丁，和司机老邱坐在车里闭目养神。老邱同样是不爱说话的性格，柴小战也落得清净。肖福庆话多，所以不喜欢话多的人。不爱说话的人，才能保守秘密。

肖福庆今天之所以如此隆重地邀请高老板吃饭，并不是为了花钱，而是为了卖壳，也就是将自己上市公司的股份全部出售。看上去光鲜亮丽的生活，背后是拖欠的费用和银行快要到期的贷款。肖福庆卖壳的信息，很快就传到女壳王高兴的耳朵里。高兴果断出手，直接让姚秋秋打电话约了这场饭局。

肖福庆当然也知道女壳王的名头。自己今后还能不能继续纸醉金迷，恐怕全仰仗今晚的一顿饭了。

肖福庆介绍了公司的情况：能清空的资产都清空了，剩下一层正在使用的办公室还在壳，账面上有3000万元的现金和1.5亿元的股票。那1.5亿元的股票，高兴早就让人通过上市公司查清楚了，都是些没有流动性的股票，再多也卖不出钱。

肖福庆越喝越猛，工地里出来的老板都能喝，仗着也确实见过几分世面，牛皮也越吹越大。女壳王随声附和着，喝到最后肖福庆借着酒醉径直拉着姚秋秋细嫩的手，让她有机会一定要去湖西省玩一趟，私人飞机接送。

高兴看在眼里，笑盈盈的没有说话。姚秋秋已经不胜酒力，喝得一脸粉红，也就半推半就地小声应对着，"等下一个假期就去"。

姚秋秋在职场上初来乍到，与其说对金融市场跃跃欲试，倒不如说对这个声色犬马的世界无限向往。每天和女壳王见的人非富即贵，自己却挤在合租房里，颇有些落差。

到二十五岁这个年纪也已经想清楚了，她在这个没线没楼就没有高潮的城市，多金帅气的择偶标准还不如降低为多金。姚秋秋平时见的老板也不少,但没有一个像肖老板对自己这么热情的。虽然胖了点儿,比自己还矮上两头,但多个哥哥,多一条路,留点儿余地总归没毛病。

饭后,老邱和柴小战早就在银行街的路边候着。加长版的幻影,金标金线,满天星。女壳王高兴心里很清楚,在江城,坐劳斯莱斯的十有八九不是装逼就是诈骗,这肖福庆估计也不例外。

肖老板拉着女壳王一定要到他家里坐坐,高兴也乐得前往,探探这个肖老板到底几斤几两,也想进一步听听肖老板到底为什么要卖壳。

肖福庆顺势拉着姚秋秋的手就坐进自己的"大劳"里,高兴则踏踏实实地坐着自己的七人车,跟着肖福庆一路上山。

"大劳"车厢里,肖福庆旁若无人,拉着姚秋秋的手不放。肖福庆自然不知道自己的助理和这美女有过三年的感情,而姚秋秋脸色煞白,尴尬得已经快用脚趾在地垫上抠出三室一厅了。

江城的富豪区很多,肖福庆选择了东半山。他专门找了风水大师算过,肖福庆这八字,要放乱世,必是枭雄,命中带煞,煞不可挡。东半山是江城最温和的豪宅区,和他的生辰八字最配,可以消除煞气。大师在别墅门前专门养了九条金龙鱼,做了个金龙挡煞的格局,死了八条,还是没挡住肖老板步入人生低谷。肖福庆自从上市赚了钱之后,就开始命途多舛,沦落到卖壳还债。

"大劳"引着阿尔法,进了别墅的停车库。肖福庆假借着开门,趁机把手放在姚秋秋腰间摩挲。

别墅里的装修很精美，毕竟是干地产出身的，豪宅这一块也算是见多识广。女壳王也没想到肖福庆看似大老粗，审美却是在线的。

三个人开了瓶山崎五十年，依旧由柴小战讲解。一瓶100万的威士忌，"啵"的一声被打开了，姚秋秋惊得张大了嘴，就连女壳王高兴也深吸了一口气。

肖老板颇满意这效果，推杯换盏间，一只手已经不老实地搭在姚秋秋的腿上，柴小战看在眼里，不禁头皮发麻。虽然心里清楚自己跟姚秋秋已经没有半点儿关系，但毕竟也是自己曾经真心喜欢过的女孩，现在却只能眼睁睁地看着她被这个油腻老男人欺负，他不由得心脏发紧，一口窝囊气顶着，却硬是喘不上来。

一边是老板，一边是前女友，柴小战说不憋屈是假的，但苦于不能发作。他灵机一动，借着倒酒，用身子稍微隔开了两人，姚秋秋赶紧借机跳了起来，换个位子，坐在了女壳王的身边，满脸通红，偷偷向柴小战投去了感激的目光。柴小战没有搭理她。

肖老板不以为意，只是让柴小战也倒一杯尝尝，喝完了赶紧回家。

柴小战从别墅里走出来，没有叫出租车，而是找了块大石头坐了下来，死死地盯着别墅。至于到底在盯什么，他自己也没想清楚。直到凌晨两点，七人车才从地库里开出来，一颗不安的心，这才放下来。沿着山路慢慢地走了许久，直到走到山下，他这才打了车回家。

回到家中，女朋友方珍珍已经熟睡。柴小战蹑手蹑脚地脱衣上床，却还是吵醒了女友，本想着顺势亲热一下，却被方珍珍以太晚了为由一口回绝，柴小战只得作罢。方珍珍翻身继续睡去，柴小战却看着天花板久久不能入眠。

比起姚秋秋，方珍珍自然只能算得上姿色平庸。但与姚秋秋不同的是，方珍珍简单直接，大胆示爱，这对于从小就看多了人情冷暖、世态炎凉的柴小战来说，太难能可贵了。他太需要一份无条件的爱了。

方珍珍的父母都是银行的小领导，家境不算超级有钱，但是多年积累下来，也属于比较有钱的中产家庭。方珍珍还没毕业，父母就已经在江城市中心给她买了一套价值三百万的房产，方便女儿以后上班。柴小战和方珍珍交往，就直接住进这个小家，成了在江城的安身之地。

这个女人不仅给了柴小战爱，更给了他安稳的生活。如果说方珍珍的爱是无条件地给予，那么柴小战对于方珍珍就是有条件地接受以及无限地感激。

第二章 螳螂捕蝉

肖福庆从来没要求过柴小战几点上班,但是柴小战哪怕不睡觉,也要早上九点就和司机老邱准时在楼下候着。肖福庆对这点儿很满意,这孩子有韧劲也有灵性,是个可堪大用之才。

九点半,肖福庆一如既往地走下楼。柴小战一个跃步上前接过肖福庆手里的办公包,规规矩矩地把车门打开,再轻轻地把车门关上,一路小跑坐上副驾驶座。这些事情肖福庆都看在眼里,他从来没教过柴小战要做什么,只有在柴小战做错的时候才会骂上几句。但是这孩子机灵,在电视剧里学来的东西,随手就用上了。

肖福庆和老邱说:"你先送我去公司,然后再送一趟家里的女孩子。她说去哪里,你就送去哪里。"

"是昨晚的那位姚小姐吗?"老邱问道。

"对,就是她,你一会儿回家里问她去哪里。"

柴小战听罢冷汗直流，有钱能使鬼推磨还真是硬道理，自己所谓三年的感情算得了什么，到了肖福庆这里，不过是一晚就能搞定的事情。想到这里，一股悲切的情绪涌上心头，柴小战不知道是为了姚秋秋还是为了自己。

肖福庆今天心情不错，虽然公司还有一堆烂摊子，但傍上了女壳王，迟早能解决。

昨晚喝到两点，高兴接了个电话。那边是喝醉的另外一个上市公司的老板，醉醺醺地和女壳王抱怨市场不好，高兴抹不开面子，也只好默默听着随声应和。肖福庆见高兴电话一时半会儿打不完，便起了心思，提议带姚秋秋参观下别墅。

两人先是看了主卧，进而到三楼看了书房和客卧。在客卧里，肖福庆突然一把抱住姚秋秋，将头埋在了姚秋秋的胸前。这奇怪的动作吓了姚秋秋一大跳，不过也确实是因为姚秋秋太高了，或者说是肖福庆太矮了，想正儿八经地来个"壁咚"确实有点难度。

姚秋秋下意识地挣扎了几下，但肖老板似乎也没有什么更过分的举动，于是姚秋秋就稍稍放松了抵抗。肖福庆以为姚秋秋默许了，突然把姚秋秋推到了床上，姚秋秋大惊，脱口而出："肖总不要，不可以，我……我还是个……是第一次。"

肖福庆愣了一下，更加兴奋了，没想到自己一把年纪了，居然还能碰上这种好事！

姚秋秋看形势不对，用尽力气反抗，反复强调，"我是教徒，不可以婚前性行为"。肖福庆本就是个大老粗，信的只有钱和权，这节骨眼儿,更听不进什么信仰不信仰的。姚秋秋陷入绝望,眼看着就要放弃抵抗了,突然灵光一闪,强作镇静地在肖福庆耳边问了一句:"肖总,您还想卖壳吗?"

常言道:"用最温柔的声音说最狠的话。"

肖福庆一个激灵,瞬间转换为贤者模式,心里暗骂一句"他妈的,差点坏了正事",赶紧把姚秋秋扶了起来。

打完电话,女壳王高兴见两人不见了踪影,就到处溜达看看。走到三楼就听到了里面的声音,当听到"不要不要"的时候,她没有选择敲门警示肖福庆不要乱来,而是径直走到大门口,上了阿尔法离开别墅。

肖福庆冷静下来,跟姚秋秋道了歉,说姚秋秋是自己碰见过的最美的姑娘,所以才一时没把持住,并表达了自己对姚秋秋的爱意。虽是逢场作戏的几句话,姚秋秋却云里雾里颇为受用。顺着肖福庆的话头,姚秋秋提出了自己想要的其实就是个名正言顺的名分。肖福庆也继续假装诚恳:"现在我们谈婚论嫁有些早,不如先做男女朋友相处着,大家看看是否性格相合,也要问问相互的父母意见。"

三两句就聊到了见父母,姚秋秋哪见过这路数,不免多了几分真实的心动。

肖福庆借着亲密的氛围,打听女壳王的背景,姚秋秋也是有一说一,毫不隐瞒,甚至连高兴私下赞叹壳很干净的信息,也透露给了肖福庆。两人说到最后,肖福庆故作绅士,主动回了房间,不再骚扰。

柴小战到了公司，神不守舍，禁不住"脑补"肖福庆和姚秋秋纠缠的身影。为什么偏偏是肖福庆？柴小战忍不住捶胸顿足！

这时女朋友方珍珍突然打来电话，抱怨最近两天柴小战一直早出晚归，连人影儿都见不到。柴小战只简单地应和，心思却早不知道飞到哪里去了。方珍珍听出了柴小战的心不在焉，便不再多说，只叮嘱他工作不要太拼，身体重要。柴小战回过神来，心里涌出一丝温暖，想着方珍珍的好，言语上却没有再多表达，急匆匆地挂了电话。

被偏爱的人都有恃无恐。

另一边，女壳王高兴回到公司，意料之中地没见到姚秋秋的身影，便直接把工作交代了下去。姚秋秋喝太多起不来，战战兢兢地发了短信说要请假。高兴只回复，下午四点准时开会。

会议上，姚秋秋看得目瞪口呆，虽然她只是端茶倒水准备文件，但PPT上全是肖福庆的资料，资料有公开的，也有不公开的。

肖福庆，男，澳大利亚籍，四十六岁，已婚，三子两女。

看到这儿，姚秋秋脸色大变，心里暗骂："这个王八蛋，还骗我说什么见父母，信誓旦旦地说做什么男女朋友。也是我见识浅，几句甜言蜜语就被他这块猪油蒙了心。但凡动点儿脑子也该清楚，他都这把年纪了，还能没有家庭吗？"姚秋秋一边忍着怒火，一边暗自发誓，以后一定少喝酒，保持清醒！

接下来的资料，更让姚秋秋大开眼界。女壳王高兴真不是吹出来的，湖西省当地的律师已经发来资料，肖福庆个人债务纠纷二十七起，几起银行贷款到期未还款，几乎都是个人消费。拖欠工程款的数目比较大，法院那边还在走流程，没有进入判决。肖老板在湖西省的物业，除已抵押的，其他的已全部变卖，但没有用于还债，而是通过地下钱庄，转移到江城，再从江城汇到澳大利亚，目前肖老板的上市公司只是个空壳子，债务不涉及上市公司。他忽悠那些包工头跟他个人签约，最后因为资金链断裂，项目烂尾，看来卖完壳就要跑路去澳大利亚了。

接下来是澳大利亚那边律师发来的资料。肖福庆在澳洲没有任何法律纠纷，作为澳大利亚华人地产商协会的会长，他在澳大利亚有一些豪宅开发项目，主要是卖给海外华人。算上双方父母，一家十口人住在一个巨大的别墅里。

最后是江城本地律师汇报。经查，东半山的别墅已经抵押过七次，分别是银行按揭五成，其他的高利贷公司抵押了三成，每月需要支付300万元的利息。劳斯莱斯倒是最新款，车价1080万，按揭90%，每年还款240万，五年还清。公开申报的资料里，肖福庆持有上市公司74.8%的股份，没有持股超过5%以上的小股东，其余25.2%为公众持股。股权相对集中，公司已经没有流动性，是个非常好的壳，建议收购。

信息拼凑出来，女壳王高兴冷笑道："这个壳子倒是很干净，咱们先谈着，压压价，你们也散消息出去，我高兴看上的壳，其他人就不要来捣乱了。先晃他几天，喝喝他的好酒，让他多当几天孙子。"

在江城，公司上市有两个选择：第一个选择是IPO，也就是首次公开募股，以这种方式上市需要准备三年的财务报表，只要符合上市要求，就可以上市，但周期比较长，审核步骤烦琐；第二个选择，可以通过购买现有上市公司的方式上市，也就是买壳。之所以称为壳，是因为卖家通常在卖上市公司之前，会把公司内部的资产清空。毕竟买家不想要你的资产，只想要你的上市公司地位，所以清空后的上市公司称为壳。

正是因为大量企业需要买壳，也就衍生出壳生意。女壳王高兴就是江城最多壳的持有者。她有大量的专业人士，向买壳方提供财务法律咨询，确保买壳过程顺利，也确保新壳主顺利地将业务装进去。从看壳、买壳到装资产，整个流程需要一年甚至更久，所以，专业程度决定了交易是否顺利。

女壳王高兴，就是整个市场最专业的人。

第三章 鸿运当头

肖福庆哪想到对手已经把自己研究得透透的，还心情颇好地和几个富豪友人打电话吹牛，把自己和女壳王的交情吹了一遍，吃完午饭，又喊着柴小战逛街去了。两个人徐徐走进商场，柴小战始终保持慢半个身位的节奏跟着，这是他在官场小说里学来的，和领导出行，始终保持半个身位，既让领导感受到跟从，又可以随时便捷地为领导服务。

太古广场H店里，店员们表面顺从恭敬，实则爱搭不理，热情里裹着怠慢，越是那种笑脸相迎之下"你买得起吗"的内心独白，越容易激起富豪的购物欲。

肖福庆刚拿起一个公文包，一个瘦高男店员就突然闪现在他的身畔，跷着兰花指，掐着尖细的嗓音，用蹩脚的普通话说："先生，这个刚刚已经有位顾客想要预订了，您还是尽量不要直接用手拿。

如果您喜欢的话,可以由我帮您介绍一下,这款的价格您需要了解一下吗?"

男店员还在慢慢悠悠地戴白手套,肖福庆都没正眼看他,将公文包直接扔给男店员,吓得男店员手套还戴着半截,赶紧张开双臂抱住包。惊魂未定之际,肖福庆轻描淡写地说:"要了。"

皮鞋两双,运动鞋一双,休闲西服三套,衬衫十件,男店员忙前忙后,店长也被炸了出来,端茶倒水,查了查肖福庆以前的销售记录,今年在店里消费了二百多万,排在店里五十名左右。金钟H店是什么店?当年一线女明星进店都碰钉子,向媒体吐苦水,如果没有足够的消费额,休想从店员手里拿到想要的包。

男装消费得差不多了,肖福庆问店长:"包,有吗?"

"您需要什么包?"

"我要两个,鳄鱼皮要沉稳点儿的颜色,普皮你帮我看看有没有粉色或白色的。"

店长进去了十分钟:"肖先生,普皮的白色有个 Kelly 32[①],但是鳄鱼皮的您应该也是了解的,需要排期预订的,这个真的真的很难拿到现货,我只能尽量地帮您把排期缩短一些。"

肖总是混社会的人,这还不懂?"我能穿的男装你们拿,拿什么我买什么。"

瘦高男店员喜上眉梢,挥舞着双臂,选了一堆浮夸得不能再浮

---

① 爱马仕凯莉包。

夸的衣服，肖总看都不看，全要了，最后拿了一个电光蓝鳄鱼皮的Birkin 25①和一个白色的Kelly 32。

肖福庆猜测，女壳王高兴应该不差H牌的包包，甚至不止一个鳄鱼皮。但电光蓝是新出来的颜色，送了也不会出错。至于给姚秋秋选的包，必须要够大。她要给高总做助理，包里的东西只能多装，不敢少装，Kelly 32应该够她用的。

肖总把包丢给柴小战，嘱咐了一通，这才慢慢悠悠地走回公司。柴小战则搭地铁去给女壳王高兴和自己的前女友姚秋秋送包。

高兴的办公室在江城市中心最高也是最贵的写字楼里，每年需要将公司财报上交给业主。业主认为符合法律和规格，才会继续租给租客。

高总的办公室可比肖福庆的办公室高级太多了，柴小战哪见过这阵仗，在前台就遇到了阻挠。

柴小战不依不饶、软磨硬泡一定要亲手送进去，毕竟柴小战明白，肖福庆给自己安排工作并不是送货上门那么简单，最重要的就是要看看女壳王高兴收到礼物之后的表情和答复，来帮助判断交易的可能性，这才是"人肉快递"最重要的使命。

女壳王高兴的工作强度很高，不要说他一个小小公司的小小老板的小小助理，多少大公司的老板想约她见面都难。柴小战好话说了一箩筐，前台死活就是不肯。

---

① 爱马仕铂金包。

这时候姚秋秋走出来,看见自己前男友愣头巴脑地在和前台小妹掰扯,倒让姚秋秋回想起当年这个二货和自己在一起时吵架拌嘴的往事,不禁叹了口气。柴小战这么多年,还是毫无长进。

姚秋秋走向两人,面无表情地说:"别吵了,让他进来,里面等吧。"然后转身就走了。

柴小战看到姚秋秋对自己冷冰冰的样子,想到自己好心帮她解围,她倒投怀送抱和自己老板搞起了破事儿,心口好不容易压下去的那口气又提了上来,真想把手里这两个硕大的购物袋直接砸在前台,大不了回去负荆请罪。

但这也仅局限于想想,脑海里过了一遍暗爽的画面,确定了是自己负担不起的情形,回到现实中,柴小战客客气气地和前台小妹道歉:"小姐姐,对不起,刚才是我态度不好,实在是给您添麻烦了。您大人不记小人过,给我带个路,我进去候着高总,万分感谢。"

前台小妹看都没看柴小战一眼,话也没说,鼻孔里喷出轻蔑的气息,边摇头边自言自语:"有的人啊,就是没有什么教养,不懂规矩,也难怪是个跑腿送货的命。"

前台小妹领着柴小战进了会客室,水都没给一杯,就让他在这儿干坐着。

两个H家的大袋子,装了两个盒子。巨大的是给姚秋秋的,中型的是给高总的。但是什么时机给姚秋秋,真的很难把握。如果当着高总的面儿,拿出来中型的送给她,再拿出那个巨型的送给小助理姚秋秋，恐怕高总和姚秋秋的面子上都不好看。

想到这里，柴小战不禁想扇自己一个大嘴巴子，这都什么时候了，还在替前女友做打算呢。

好心不负好运，正在柴小战纠结的时候，姚秋秋来了。

姚秋秋黑着脸，刚刚知晓了肖福庆这么多的隐藏信息，心里正燃着无名邪火：不仅刚认识就对自己动手动脚，还满嘴谎话，欠了一屁股债不说，更隐瞒婚史。如果说他是个渣男，真的是玷污了"渣男"这两个字。肖福庆这个王八蛋，就应该抓起来扔到海里喂鱼！

没好气的姚秋秋，看着这个二货前男友，更加气不打一处来。果然是男人只有钉在墙上的时候才会不好色，什么柴小战、肖福庆，有一个算一个。

气氛有点尴尬，但毕竟是姚秋秋走进的会客室，只好先开口问道："见高总都是需要提前预约的，看高总时间才能会面。你这么唐突地上来，前台肯定不会让你进来，要不是正好我路过，你这趟铁定是白跑了。你这次见高总有什么事情吗？"

柴小战本来话就不多，这会儿脑瓜子正跟糨糊似的，又听着姚秋秋跟自己打着官腔，不知怎的，就没头没脑地扔了一句："昨晚你跟他，不会还真是你第一次吧？"

姚秋秋瞬间炸了："你说什么呢？"

柴小战的第二句，似乎是对着自己说的，又像是对着姚秋秋说的，但依旧让人恨得牙痒痒："其实跟我也没什么关系，你幸福就好,但为什么偏偏是肖福庆……"

姚秋秋也不知他到底说的是"幸福"还是"性福",但不管说的是什么,都已经气得她直翻白眼儿了,这都哪儿跟哪儿啊?我还没找你们算账,当然这账原则上和柴小战没半毛钱关系,不过现在姚秋秋眼中的柴小战跟肖福庆俨然是蛇鼠一窝:"咱俩是什么关系?我跟谁有什么关系,跟你有什么关系?咸吃萝卜淡操心,有这操心的工夫回去跟你家方珍珍操去!"

柴小战自顾自地歪着头,完全没有接话的意思,继续说了莫名其妙的第三句,边说边从大袋子里拿出来巨大的盒子:"这是你昨天的收获,是你应得的。你不用担心我会和肖总说什么,他怎么说现在也算是我老板,我犯不上因为这事跟他找不痛快。至于咱俩,以前……没什么,以后也不会有什么。"

这句说完,姚秋秋直接就炸了毛。什么"昨天的收获"?什么"有什么没什么"?姚秋秋无视递过来的盒子,吼道:"你!还有你老板!有一个算一个!能滚多远滚多远!别让我再看到!"

柴小战也不生气,幽幽地问道:"这是你的意思还是高总的意思?"

听到高总两个字,姚秋秋瞬间清醒了,深吸一口气,冷静下来:"行了,别这么多废话了,你这次过来到底是干什么的?"

柴小战回道:"肖总感激高总的提携,特地准备了礼物,让我亲自将礼物送到你手里。如果你现在不接这礼物,那我就等见到高总的时候,让她转交给你。"

姚秋秋生气归生气，毕竟这货也不知道吃错了什么药，上来就没头没脑地一通操作，本来就一肚子委屈没处撒，到了柴小战嘴里，自己居然都已经成了肖福庆的情妇！但涉及高总，姚秋秋还是惴惴不安的。昨天稀里糊涂地睡着了，高总也没找自己问话，下午又看到了肖福庆的资料，以及高总准备收购的这个壳的资产，这事情还没来得及消化，不能意气用事，自己只是个新助理，一个不小心，前程尽毁。

姚秋秋让柴小战帮着把大盒子藏在自己办公桌底下，再让柴小战回会客室继续等待。这时候收到了人力资源的邮件，她心中霎时惶恐，上午没上班，昨晚没和老板一起离开，这是要开除我吗？

她点开邮件，内容很简单，鉴于姚秋秋助理近日的优异表现，经高兴总裁特批，发放奖金为十二个月的月薪。

姚秋秋一头雾水，虽然拿了钱真是超级开心，但是这到底是什么意思？我不仅没和老板共进退，还泄露老板要买壳的底线，再翘班半天，然后奖励我十二个月的奖金，脚底下还踩着巨大的H盒子。

难道前男友的出现，给自己带来了好运气？这好事接踵而至，突然让姚秋秋觉得，在这个诺大的江城有了一点儿站稳脚跟的底气。

正在姚秋秋神思飞飞之际，电话铃响了，高总让她进办公室安排工作。

第四章 Nikushou 餐厅

高总的办公室极大，巨大的落地窗，可以眺望整个江城。办公室分隔成会客区和大班台。姚秋秋心神不定地走进去，也不敢坐下来，就站着听女壳王高兴的吩咐。

高兴没有询问昨晚发生了什么，她没兴趣知道，何况她也没少知道。

高兴头也不抬地问了肖总助理的来意，不置可否，只让姚秋秋直接和肖福庆联系，传递信息："这个生意可以谈，让他把壳里1.5亿别家股票的情况做个估算给我，能拿回来多少，还有，我高兴看上的壳，其他行家不会出手，免得把收购壳的价格做得太高，这是行规。大家做生意，我也不会亏待他，但是他从我这儿拿走的钱，足够结很多人的账。他可以赖有钱人的账，但不能赖穷人的账。让他给我做个承诺书，我想看到他清还部分账目的承诺。"

姚秋秋记在本子上，一字不差。

"另外，你多接触接触肖总，确保交易顺利进行。"

姚秋秋一脸茫然，和一个大骗子多接触接触？姚秋秋不知道高兴葫芦里卖的什么药。

"你把肖总的助理叫进来，那小男孩叫什么？"

"柴小战。"

"昨天肖总没介绍助理名字，你怎么知道他全名？"

高兴这细节洞察力，不愧浮沉商海多年。这句话丢出去，姚秋秋的脸瞬间涨得通红，强装镇定地撒了个谎："他找我交换了电话。"

高兴看着自己的美女助理红着脸的样子，并没有怀疑，只是暗暗觉得好笑，这老的小的都黏上你了，有你头疼的。

高兴哪里知道，姚秋秋并不是完全撒谎。毕竟五年前，他们就交换过电话。

姚秋秋云山雾罩地从高总办公室出来，喊柴小战一起进了总裁办公室。

高兴对柴小战很有兴趣，那天听他介绍葡萄酒，有历史，有传说，还有分析，一本正经，头头是道，小小年纪，却也算得见多识广。小伙子虽然长得不够帅气逼人，认真的样子却可圈可点。

柴小战把H的大盒子递给高总，高总满脸欢喜，向肖总表示感谢，并约着下次她来安排餐厅吃饭。高总顺便向柴小战提了个请求，可否帮着整理下酒柜。

高总推开了一道暗门，里面是一张可以休息的小床、一个巨大的保险柜和一个单开门的 Eurocave[①] 酒柜。

高总的酒柜里什么都有,大多是别人送的,她也不知道酒的价格。柴小战按照高总的要求,把贵的放在最上面,按照价格,依次摆放到最底层,然后抄下了所有酒款,按照每层不同酒款的名字,仔细地贴在酒柜上,这样找起酒来就方便多了。

看着柴小战这番细心的操作,高兴更有了几分兴致,继续跟柴小战闲聊,让他介绍下最贵的几个酒款。柴小战实在忍不住了,问高总能不能给杯水喝,来之后已然等了三个小时,到现在一口水都没喝上。

"一口水都没喝?前台秘书没给你倒茶吗?这是前台最基本的工作。"高总问道。

"可能前台同事太忙了吧,忘记安排了。"柴小战本想插刀,但又担心高兴觉得自己太过小人之心,也就简单地带过了。

"姚秋秋,你通知人力资源部老大,安排她离职,该补偿的补偿,尽快招聘新人到位,顺便让人力资源部老大算算该扣行政部主管 KPI 考核多少分数,向我汇报。"

柴小战瞠目结舌,追悔莫及。虽然自己在前台碰了一鼻子灰,但他并不想毁了别人的工作,毕竟找份工作不容易。他着实没想到自己一句话,就毁了别人前程。

高总从酒柜拿出一瓶 1985 年的康帝,递给了柴小战。柴小战小

[①] 尤勒凯夫,酒柜品牌。

心翼翼地接了过来，不明所以。

"我问你几个肖总的私人信息，你说出来，这瓶酒送给你。"高总笑着和柴小战说。

柴小战什么话都没说，赶紧把酒放回酒柜，连声拒绝，推说时间不早了，自己也该离开了。高兴没说什么，微笑着叫来姚秋秋送他出去。

"高总问你点事儿是看得起你，你这次不珍惜，下次可就没机会了。"姚秋秋依旧一脸冷漠。

柴小战回道："有的东西能卖，有的东西不能卖。卖主求荣、见利忘义的事，我做不来。"

姚秋秋自然是听出了柴小战的有所指，却也懒得发作，只轻声说了句："滚——"

柴小战回到肖福庆处，把事情的来龙去脉复述了一遍。肖福庆甚是开心，礼物收了，脸上有笑容，还让自己的小助理干了点儿私活，说明卖壳的事靠谱。

卖壳的事情算是小有进度，肖福庆心里的石头落了大半。那么现在比较棘手的问题就是：姚秋秋这条小美人鱼到底吃还是不吃呢？吃了，怕生意黄了。不吃，心有不甘。赚钱图的不就是为所欲为嘛，一个女人都搞不定，那就不用出来混了。

姚秋秋看到 H 家白色的 Kelly 32 傻了眼。H 家的包包，可是一个女孩的终极梦想，这个包只在八卦杂志上见过，能拎着它的不是名媛就是明星。

想到自己攒了很久的钱也才不过能买个 LV 包充门面，不免自怜。但今天这梦想实现得莫名其妙，姚秋秋又不免挣扎。

正在这时，手机收到了一条新短信："秋秋妹妹，我是你肖哥，今晚有空吗？来家里吃饭吧。"

"秋妹肖哥"？姚秋秋看到这油腻的用词，气就不打一处来，真想回一条："你老婆和五个孩子今晚吃点儿什么？"

但想着高总的嘱托，还有这个 H 家的白色 Kelly 32，实在是不便发作，她只好回了一条："肖总您好，正好也有工作要跟您聊一下，我们随便在外面吃个简餐吧。"

姚秋秋按照肖总给的地址，报了肖总的名字。餐厅唯一的包间里，坐着两个男人，肖福庆还有柴小战。看到柴小战也坐在这里，姚秋秋瞬间尴尬了起来，随即又宽慰了不少，毕竟自己的安全算是多了一道保障。

Nikushou[①]是江城最高级的烧肉店，菜单上的套餐虽然只有 1000 多元，但是有些时令的海鲜需要单独选择。食材都是日本精挑细选出来的尖货，如果这么算下来，人均三五千元才可以吃到。

开场依然是肖福庆一通志得意满的介绍，随后便由柴小战讲解今天晚上的用酒。

来自菊姬酒造生产的十年陈酿，日本三大神酒之一的菊理媛。日本清酒的特点是新鲜度，超过新鲜度的老清酒，都会带股陈腐的

---

① 餐厅名称。

味道，就好像龙井一定要喝新茶，陈茶就没有那种鲜甜清香的特质了。作为日本神级的酒造菊姬，杜氏六大高手之中排第一的农口尚彦。用兵库县吉川产特A地区山田锦、50%的精米步合十年陈酿，做出了一款违反常识存在的神酒。除了菊理媛，没有一款陈酒，能保持如此甜美清香且带有深邃的复杂度。

姚秋秋听着两人这长篇大论，并没有想配合的打算，一言不发，权当没听到。这让肖福庆有些尴尬，但他当然不觉得自己话多，只怪柴小战介绍得人过生硬，破坏气氛。

肖福庆大手一挥，直接让小柴回家，只留老邱在楼下候着。

柴小战前脚刚走，肖福庆就让服务员把房门关上，然后一屁股就坐到了姚秋秋的身边，一双手开始不老实地上下游走。

姚秋秋也不闪躲，冷笑着问："肖总，您已经结婚生了五个孩子的事情，想瞒我到什么时候啊？"

肖福庆愣了一下，虽然知道以高兴的调查能力，这种事情不可能在姚秋秋这里蒙骗过关，可这第二天就被揭穿，着实有些措手不及，只好悻悻地坐回对面，摆出一副很沉重的姿态："秋秋，我不跟你说，不是因为骗你，而是没有必要，我不想因为这件事情影响我们的感情。因为，我们已经离婚了，财产也分过了。我现在在江城就是一个孤家寡人，偌大的房子，冷冷清清，我以为你会温暖地接纳我，没想到你却如此疑心我。"

姚秋秋没想到自己会被反将一军，但听着肖福庆的这般"语重心长"，心里倒是舒坦了不少，便顺着肖福庆的话，继续娇嗲试探：

"我哪里有疑心?还不是怪你没早说清楚,让我这白白难过了一整天,你倒怪上我了。"

"没有没有,我哪里会有怪你的意思?我这不是正跟你说嘛,你这小性子,还挺着急。"肖福庆说着便又坐回到姚秋秋的身边。

"那你在国内的纠纷呢?你想怎么解决?"

肖福庆大概解释了下,这次卖壳,主要就是为了解决欠款,他也不想一辈子回不了大陆。虽然大陆现在房地产行业遇到些瓶颈,但是相信以中国人的购房习惯和城市化进展,未来几十年,房地产在中国仍大有可为。

姚秋秋听了这些,突然对肖福庆的印象有了些转变,甚至还生出了些怜悯之心。第一,这个人离婚了,婚都离了,就是单身,之前也不算说谎,至少对自己是有几分真诚的,那么自然可以和他在一起,至少可以和他试试。第二,虽然他欠了很多钱,但是为了还债,积极卖壳,责任心也是有的,人品还是值得信任的。第三,瘦死的骆驼比马大,虽然他现在有债务纠纷,但是只要卖壳成功,这资产依旧会是很客观的。

姜还是老的辣,肖福庆三言两语之间,姚秋秋的态度就产生了180度的大扭转,甚至有些春心荡漾起来。

肖福庆当然从姚秋秋的脸上看出来了一切,再接再厉,巧舌如簧,把当年如何从包工头摇身一变成为地产公司老板的创业奋斗史,又是一顿编派,就着几杯酒下肚,姚秋秋的眼中甚至出现了敬佩的神色。

肖福庆继而让姚秋秋给高总带话，1.5亿的股票是借款。他是通过购买朋友股票的形式借出去的，借款合同都在。他朋友也是个上市公司老板，就算还不起钱，大不了卖壳还钱，咱们还是有主动权的。至于国内的经济纠纷，完全可以立个字据，拿到壳钱当天就结账，决不拖欠。

　　听完肖福庆这番话，姚秋秋如同吃了定心丸，白天的不快全都过去了。肖福庆毕竟也是吃过见过的，又将往年间环游世界的经历绘声绘色地描述了一通，并当下承诺姚秋秋，下个假期就带她去东京旅行。

　　饭后，姚秋秋扭捏着要自己回家。肖福庆哪能允许煮熟的鸭子就这么飞了，以要继续谈正事为由，带着姚秋秋坐着"大劳"，沿着山路回到了别墅。

第五章 大班楼记

东半山,肖福庆的车库,早上九点,老邱发动好车,柴小战在车外候着,准备随时接过老板的包。但是今天早上,他接过了两个包,一个 H 的公文包和一个 H 的白色 Kelly32。

肖福庆和姚秋秋手拉着手走了出来,姚秋秋满脸娇羞,柴小战则面色如常,前女友的事情本来也与他无关,何况他有女朋友,有自己的感情。他想清楚了,他现在不需要在这种事情上面花费精力,他只需要做好自己的事情,完成自己的目标,努力在江城这座欲望的都市找到属于自己的位置。

肖福庆到了公司先下车,让柴小战把姚秋秋安全送到公司再回来复命。这倒好,柴小战成了前女友的助理。

姚秋秋把昨天沟通的信息和高总汇报了,也坦白了肖福庆送她包的事情。毕竟这么大的一个 H 包,同事间的议论是不可避免的。

高总神色无异，姚秋秋心里也踏实下来，只是昨天柴小战的那句"卖主求荣"还在耳边萦绕。自己老板送小柴酒，那个死鬼死活不要，还急着要走。肖老板送自己的包，自己却坦然接受，不知道高总心里会不会有芥蒂。

姚秋秋说完后，高总并没有对沟通的信息做出评判，只抬眼看了下姚秋秋，淡淡地说："男人的嘴，骗人的鬼。有些话听一半，信一半。咱们在职场，特别是作为女性，得眼观六路，耳听八方，多信自己，多看数据，多找证据，有些人鬼话，听听也就是了。"

姚秋秋不知高总说的是生意还是感情，但心知肚明高总说的是谁。只是她已经着了肖老板的道儿，想要看得清也难了。

自打这天起，女壳王高兴闭口不提购壳的事。肖福庆急得像热锅上的蚂蚁，逼着姚秋秋去向高老板打听近况。

女壳王高兴很不高兴地告诫姚秋秋"不该问的事情就不要问"，吓得姚秋秋再也不敢多嘴。

也是自从那天起，姚秋秋成了别墅的女主人，虽然也不是彻底地搬过来，但是日常换洗的衣服，平时护肤美妆需要的瓶瓶罐罐已经堆满了主卧。柴小战一言不发、面无表情地兼任了前女友的助理。

周日晚上，姚秋秋躺在肖老板的床上。肖老板在睡房里边踱步边打电话，有一搭没一搭地跟各种兄弟诉苦。姚秋秋的手机突然铃响，她还在抱怨谁会在周日晚上打电话，看到电话号码，突然从床上弹起，给肖老板看了自己手机屏幕上显示的"高兴高总"，肖总毫不客气地连"再见"都不说，立刻挂断了自己的电话。

电话那头传来了高兴的声音，她让姚秋秋约肖老板周一吃饭。地点她来挑，酒的话让肖老板安排，指定要求肖总的助理小柴参加饭局，感谢他帮忙整理酒柜。

周一晚七点，高兴带着助理姚秋秋走上大班楼二楼的时候，肖福庆的助理小柴一个跃步就接过了高兴的电光蓝 Birkin 25 和姚秋秋的 Kelly 32，引着两人走到餐台前。

大班楼是江城少有的创新粤菜，中餐的创新不应该是打破一切模仿西方，而应该是在中餐原有的基础上进行创新和修正，充分利用新的食材、新的技术、新的理念，把过去的陋习摒除。大班楼的粤菜一向依赖上汤，而现在改用各种油来帮助食物提鲜。比如最经典的鸡油花雕蒸花蟹配陈村粉，不用上汤，改用自家提取的鸡油和蛤蜊汁，再加上花雕绵柔的辣度给出的另一层架构，让花蟹吃起来更鲜、更复杂，也更甜美。用新出来的蟹汁和其他混合汁泡过的陈村粉，真可称得上"江城第一粉"。

照旧是"双剑合璧"的开场模式，肖福庆聊美味，柴小战安排美酒：Jacques Selosse 的 Exquise Sec（雅克玛尔精致干型香槟）。作为日本葡萄酒传奇漫画《神之水滴》的第八使徒，虽然价格并不贵，但因为难得小农氧化风格香槟会有这个等级的甜度，深受女生们的喜爱。

有了上次的经验，柴小战没有再长篇大论，只是蜻蜓点水地说了三两句，等待着女士们的品评。

女壳王高兴感谢肖总送了贵重的包包，又安排这么好的酒，便专心吃饭，闭口不提收购的事，肖总迫不及待地问起了卖壳的进展，女壳王高兴摆了摆手，让肖总放心，明天会让姚秋秋把收购的条件送到公司。

这下肖总放心了，虽然不知道价格的高低，但是终于有条件开出来了。高兴以喝酒误事为由，闭口不提任何详情。肖福庆套了几次话，都被高兴巧妙地转移了话题。比起老江湖，肖福庆还远不够女壳王高兴的水平，只好作罢，专心喝酒。

酒后也没有续摊，姚秋秋先目送高总的车开出去，才转身挎着肖总的胳膊，上了"大劳"。

第二天下午，姚秋秋才拿到高总给的文件，只有一张纸，纸上写了三个条件，简单得不能再简单。姚秋秋也不知道深浅，不敢耽搁，赶紧打车送了过去。

肖福庆的公司不大，一共就五个人，肖福庆自己独占海景大房，财务总监兼公司秘书只有一个几平方米大的小房间。门口有一个年纪不小的阿姐负责收发信件和开门，老邱一言不发地坐在门口的沙发上看报纸。柴小战则坐在肖总门口的小卡位上，噼里啪啦地打着字。

肖福庆赶紧把姚秋秋迎进公司，把办公室的门一关，只能隐隐约约地听见里面嗡嗡嗡的谈话声。柴小战只听里面肖福庆在拍桌子骂人，然后是姚秋秋"呜呜呜"的哭泣声。

柴小战心里一紧，"唰"地站了起来，想冲进去看看姚秋秋的安危，但是大门紧锁。正想踹门而入的时候，柴小战才听清楚，那

"呜呜呜"的声音并非姚秋秋的哭泣,而是另外一种有节奏的娇喘。

柴小战再一次被金钱和权力闪到了腰。

原来姚秋秋送来所谓的邀约函,其实只是三个收购可行性。

第一个可行性,女壳王高兴协助肖老板卖壳。高兴负责在市场上寻求新买家,赚取10%的佣金,且只收现金,其他财务和法务的费用另计。

这第一个可能,肖福庆根本就不需要。现在是什么时候?去年恒生指数从最高点31958点,陆陆续续跌到22000点,今年一月份就已经跌破了250天线,也就是俗称的牛熊线,正式进入熊市。2007年才上市的肖福庆享受了一把市场的巅峰,然后开始疯狂地买地,疯狂地开工,随后遭受股票被抛售,项目融资失败,银行断贷,四面楚歌,只能退居江城,不敢入境,急需卖壳求生。这个时间节点,美国次贷已经出现问题,全球金融正在恶化。稍微有点金融常识的买家,除非钱多到无所谓,否则根本不会选择这个时间买壳,不如等次贷问题解决,再做打算。宁愿买贵,也不能捡便宜,谁知道金融市场的底有多低?俗话说:"天花板可见,地板不可见。"地板下面还有地下室,地下室下面还有十八层地狱。

第一个可行性已经否掉,第二个可行性至少还是个选项。

女壳王高兴愿意以3亿的价格购买肖福庆的壳,肖福庆大怒拍桌子,就是因为这个价格太欺负人了。去年还6亿的壳价,就算市场不好,就算市场再恶化,我堂堂主板地产壳,更何况壳里还有现金,还有股票,还有写字楼,加一起也有2亿了,合着你高老板就用1亿买了我的壳，然后还要逼着我还债。就算婊子立牌坊，那个牌坊钱也要婊子来出啊，凭什么让我肖福庆一个人扛下所有？

第三条，肖福庆用壳来抵押，女壳王高兴提供贷款。贷款额为市场价的一半，对照现有市场价的4亿，肖老板能拿到2亿，贷款年化利率20%，同时继续帮肖福庆寻找买家。如果壳成功出售，所得款项优先支付贷款和利息。如果肖福庆不按照约定每个月支付利息，那么将交由别的公司对壳进行清算，强制卖壳用于偿还贷款与利息。如果资不抵债，则由肖福庆个人担保，另行支付余额。

这实在是很有诱惑力的邀约函，不仅解决了肖福庆现金流动性问题，壳子虽然在别人手里，但是自己可以随时赎回。万一港股触底反弹，也有很大的想象空间。如果找到新买家，优先还掉贷款，自己手里还能收到更多的现金，无非多付10%的佣金，对于山穷水尽的肖老板，这无疑是最佳选择。

当然，4亿还是有点低，毕竟壳子里还有现金、股票和房产。肖老板想去找女壳王高兴再磨一磨，多磨1000万也是钱。

至于在办公室里拍桌骂人，不过是肖福庆兴奋之下的冲动罢了。

第六章 Zachys 拍卖行

姚秋秋整理着衣衫和肖福庆从办公室走出来,柴小战眼中带着一丝鄙夷,都被姚秋秋看在眼里。

老邱去开车,柴小战拎着两个包,跟在老板和前女友的身后。或者不该再说是前女友了,应该叫她"老板娘"。

女壳王高兴的公司前台已经换了新人,新人热情地带着众人进了会客室。姚秋秋回到了自己的工位。肖福庆等了很久,也没见到高兴的身影。

下班时间到了,公司也不见有人离开。都快晚上七点了,姚秋秋才过来带着肖福庆和小助理柴小战走进了高总全海景的办公室。

会客区,肖福庆刚坐下,就迫不及待地提出了自己的诉求。前两个工作邀请对他意义不大,第三个以壳抵押借贷的形式,双方都有盈利的空间,属于双赢。但是1.5亿的第三方公司股票、3000万现金和一层写字楼，必须要计算在总额里。

高兴也没废话，直接灵魂发问："肖总，您不如把股票先卖掉，写字楼也卖掉，咱们再算？我可以等，但到时候壳的估值可能要重新计算。"

肖福庆也不傻，那1.5亿股票的事别人不知道，自己还能不知道吗？他通过朋友的上市公司套了1.5亿出来，给了2000万的好处费，自己进账1.3亿，肯定瞒不过女壳王高兴。再说写字楼，现在恒生指数都跌成这样了，谁还买写字楼啊？这要是半年都没卖出去，他岂不是被耗死了？能把壳估到4亿，借出来2亿，他已经知足了。如果高兴能把壳以4亿卖出，自己还能收到钱，何乐而不为呢？

柴小战做好了会议纪要，肖福庆满心欢喜地从办公室出来，语重心长地和柴小战说："这次的交易，对你来说是个非常重要的学习机会，你陪着咱们财务总监曹总把交易完成，今年年底的奖金，不会少了你的。"

肖福庆去年没有发奖金，给财务总监曹总发了个新款诺基亚N95、前台大姐发了一个LV钱包、司机老邱准备了三套G2000的西服配六件衬衫，反正老邱也需要穿正装上班，算得太精了。这些人出来打工，只想要钱，看到肖老板送的这些不知所谓的礼物，内心都在骂娘，还不如给点儿现金来得实在。

柴小战的年终奖最特别，肖福庆打开酒柜，只要不是拉菲和康帝，任选。柴小战选了Domaine Leroy Musigny Grand Cru 2000（勒桦酒庄慕西尼特级园干红葡萄酒）。这瓶酒虽然市场价已经不便宜了，但以 2008 年当时的定价来看，仍是被低估的。

接下来的日子里，肖福庆天天无所事事地和姚秋秋腻歪在一起，剩下对接的事情，都是财务总监和柴小战在做。财务总监年纪大了，但是工资很低。这么低的工资实在令曹总提不起精神干活儿，正好有柴小战这个免费劳动力使用，自是落得一身轻。这次虽然是壳的抵押，但是所有程序不亚于卖壳。买方需要委托会计师事务所和律师楼做大量的审查工作，确保壳的干净，并随时向卖方了解情况。好在壳上市不久，也没有转过手，做起来相对轻松。

周一到周五，柴小战没日没夜地干活，周五晚上，还要加班帮肖老板去买酒，好在 Zachys[①] 拍卖行有吃有喝。

Zachys 拍卖行是全世界最大的酒类拍卖行。柴小战是常客，也是 VIP。

拍卖行的大张总特地安排最好的位子给柴小战。柴小战频频举牌，大张总却一直在为柴小战隔壁的姐姐服务，又圈又画，姐姐就是不举。大张总见势头不对，也离席忙别的客人去了。

姐姐发现了柴小战，主动递了张名片过来，上面写着"山城市山水房地产有限公司董事长——李若楠"。不承想身边这位看似柔弱的女子竟是同行老板，柴小战也客客气气地递上了自己的名片。李若楠本以为是个富二代在频频举牌，不承想是个小助理，不过这举牌的魄力倒可见一斑。

[①] 拍卖行名称。

李大姐向柴小战求助，本来是有个朋友陪着自己来拍卖会买点儿酒，谁知道朋友应酬走不开，把自己留在这儿了，嘱咐大张总务必照顾好。

李若楠何许人也？从工厂工人到厂长，再到私有化，最后涉及地产行业，一路创业至今的山城著名的女企业家，自然不会凭大张总巧舌如簧、自卖自夸的几句话就随便出手。

倒是身边这个小伙子引起了她的注意，目光坚毅，面若刀削，举牌选酒，利落干脆，到像是个行家里手。

柴小战说起酒来，滔滔不绝。李若楠听了个大概，反正是葡萄酒拍卖，只求不被坑就行。柴小战先分析了李若楠的需求。第一需求是应酬，拉菲是硬通货。大量买拉菲，肯定没有问题。他推荐了1988年、1996年和1998年的拉菲，一千多块钱的价格，有多少扫多少，不用犹豫。既然是应酬用酒，只需要考虑拉菲的品牌就可以，年份挑吉祥数字就行，没必要选1982和2003这样的大年份，喝起来太浪费。如果不是懂行的人，根本喝不出区别，只要是拉菲，面子上肯定是赢了。

李若楠的第二个需求是收藏。女企业家有魄力，认为葡萄酒作为可消耗的奢侈品和收藏品，好的酒只会越喝越少，她打算拿一亿来买酒，全部放在专业酒窖，未来再看需求是喝还是卖，选择空间很大。柴小战分析了目前产区的情况，波尔多慢慢开始热，有上升的空间。但是长远来看，波尔多的产量巨大，就算是拉菲这样的顶级酒庄，年产二十几万瓶，量太大了，如果价格想炒上去，非常有难度。如果是收藏，肯定是收藏更稀有的、更容易被炒作的酒款。但是一亿元实在是一大笔钱，他建议 DRC（罗曼尼·康帝酒庄）除了康帝都可以买，配合 Leroy（勒桦）红头、Armand Rousseau 的 Grand Cru（阿曼卢梭父子酒庄）、Roumier（卢米酒庄）的 GrandCru（特级园）以及爱侣园，做一个勃艮第的收藏组合。李若楠好奇地问："为什么 DRC 除了康帝都可以买？康帝有什么问题吗？"柴小战讲解了 DRC 的股东构成，因为是两大家族持股，且分别有非常多的股东，股东多了，涨价意愿就会降低。他个人认为康帝的定价过高，而未来的涨幅有限。像 Echezeaux（依瑟索园）这样的特级田，只要两千多元就可以买到，La Tache（踏雪园）这么顶级的酒款都不用八千元，实在是有巨大的升值空间。

有理有据，说得李若楠心悦诚服。在柴小战的指引之下，山城山水房地产的李若楠董事长开始频频出手，凡是柴小战画圈的拍卖品，疯狂举牌，这两人几乎包场，交替着举牌，举到别人不举为止。

大张总心花怒放，推推自己的小眼镜，镜片后面的一对小眼笑成了一道线。这柴小战有几分道行啊。两人这么买下去，今年提成能攒出一套房的首付。

第二天一早，柴小战和李若楠两人继续开战。因为拍卖行会提供免费的葡萄酒，大张总也特别为两人加餐，开了五大酒庄中的玛歌 1983 年。柴小战一口一个"李总"，李若楠听着不舒服："你怎么还叫'总'呢？"柴小战酒劲也上来了："姐，以后你有什么事，使唤弟弟就是了。"李若楠这才满意地和柴小战碰了杯，约好一起买酒，买够一个亿再开庆功宴。

另一边，财务和法务的进程颇快。壳已经转手，钱已经入账，从今天起，壳已经不姓肖了，而是姓高。肖老板给柴小战放了长假，算是感谢他前一阵没日没夜地工作。

第七章 前功尽弃

柴小战利用假期,回了趟老家,陪陪爷爷奶奶,又到父亲的坟前燃了一炷香。毕竟自己处心积虑的计划终于有了些眉目。

十年前,受"红筹托市"的影响,江城房市暴涨,市场接近狂热。

彼时,柴父的进出口贸易也正做得风生水起,有了一定的资本积累,正考虑着扩大盘面。而楼市,柴父本是无意染指的,原因有三:一是不懂选筹,二是无意投机,三是市场已然疯狂至此。买房子也不是件容易的事,但凡好点儿的楼盘,业主都不肯卖,柴父纵有心观望,也无下手之地。

而就在这时,柴父经人引荐,认识了当时刚刚开始在江城开辟市场的房地产商人肖国庆。当年老肖还未改名,人也还有几分正气。同在异乡为异客,又都是草根子摸爬滚打出来的生意人,老肖与柴父一见如故。

肖国庆当年四处游走，称自己手里握着著名的九铁沿线联排别墅盘。而市场亦有传言，会有大批资金疯狂进入江城，各省政要及商业大亨，皆要在此置一套别墅，需求不计其数，"炒风"特别炽盛。

碍于和柴父的"交情"，老肖将自己手中仅剩的10套豪宅，一股脑儿地交到了柴父的手上。每套1000多万元，首付10%，已然倾尽了柴父的全部资产，但每年近50%的涨幅，足够让柴父热血沸腾。

然而好景不长，不过数月，房地产市场断崖式下跌。柴父资金链崩裂，本想着真刀割肉，"亏本价"抛售挽回颓势，却发现肖国庆卖到自己手中的是想要开发成高档住宅区但又未完工尚未被市场接受的"伪豪宅"。而此时，肖国庆早已经套现跑路，挟着自己在房地产市场赚的"第一桶金"，找大师掐算赐字，更名肖福庆，消失于柴父的视线外，开启崭新的人生。

而柴父却身背巨债，只得宣告破产，变卖家当，退出江城，从此一蹶不振。

再往后，柴父提起这段经历，也只说："认赌服输，看错了走势，只怨自己财迷心窍、'学艺不精'。"但柴小战不这么看，房市变化虽非肖福庆能左右，但以"伪豪宅"设陷却是处心积虑。若不是肖福庆步步为营，骗取信任，柴父也不可能倾尽所有，一败涂地。柴父是输了，输给自己的贪欲，但肖福庆才是罪魁祸首，是始作俑者。

也因此，柴小战自来到江城读书，就一直在暗中寻找着肖福庆的下落，成为肖福庆的助理，是机缘巧合但也绝非偶然。虽然"复仇"之路要如何行进，柴小战还没有具体的想法，但现在他已经因为"卖壳"成为肖福庆的"心腹"，接手了公司财务的诸多事宜，总有一天，他会找到肖福庆的把柄，以其人之道还治其人之身……

想到此，柴小战久久不能入眠。凌晨两点，柴小战的手机响了。

他从来不开静音，是工作养成的习惯，怕错过肖福庆的电话。来电是熟悉的号码，竟然是前女友姚秋秋的电话。姚秋秋哭着说联系不上肖福庆，问柴小战有没有消息。柴小战也是一头雾水，他俩的事情自己从未参与，况且自己离开江城也快两周了。

姚秋秋哭得稀里哗啦，柴小战也心软了，只能先温声细语地安抚，答应明早第一时间就联系肖总，问问事情的进展。

第二天一早九点，柴小战拨了电话给肖福庆，接电话的是一个年轻女孩子的声音，自我介绍叫 Shirley，是肖总在澳洲的助理。因为肖总在江城的业务已经告一段落，所以暂时先辞退员工，日后如果有新的部署，会再把各位请回来。

柴小战顿时一身冷汗，瘫坐在地上。

狡兔死，走狗烹；飞鸟尽，良弓藏。

怪不得给自己放一个长假，姜还是老的辣。柴小战明白，肖老板这是又一次跑路了。自己卧薪尝胆，机关算尽，没等到抓住老狐狸的把柄，离职补偿金倒是快要到位了。

第八章 Sushi Kado 寿司店

柴小战给方珍珍打了电话，简单说了被炒掉的情况，改了机票，直接赶到公司。公司只剩下财务总监老曹，连前台大姐都被炒了。

曹总监给柴小战看了看文件。按照合同，公司即使炒鱿鱼，也要赔偿一个月的薪酬。柴小战的工资本来就很低，只有可怜的一万二千元，"周扒皮"肖福庆真是一毛钱也没多给柴小战。柴小战问了问公司未来的发展，曹总监笑着说："小伙子，连我都被炒了，还有什么未来啊？咱们肖老板就是吃人不吐骨头的王八蛋，你到现在还没看明白吗？你还年轻，往前看吧。"

柴小战出门打给老邱，老邱正在面试新的公司。姚秋秋每隔一小时就问柴小战新的消息，柴小战只回了一句："一言难尽，见面聊。"

柴小战一时间像是无头的苍蝇，姚秋秋又一个电话追一个电话地询问状况。柴小战只好先跟方珍珍汇报了今晚会和姚秋秋单独吃饭，又补充了姚秋秋最近的悲惨状况，让她别介意。方珍珍嘴上不说，内心却十分介意。毕竟她跟自己男友的老板搞在一起的事情已经传遍了校友圈，更有甚者说柴小战为了博上位"捐赠"了前女友给自己老板，升职加薪指日可待。

校友圈，就是个八卦圈。能为你付出、帮助你的，都是自己的亲兄弟，剩下的只想看你的笑话。谁混得好了，那必然是全民公敌，嘴上虽然说佩服，内心却酸过柠檬。如果听到谁混得不好了，谁出丑了，"柠檬精"们能迅速获得短暂的安心。

姚秋秋约了柴小战在 Sushi Kado 吃饭，这家店是全中环最好吃的寿司店之一，但是价格只有那些顶级寿司店的三分之一，甚至四分之一。寿司店也有着详细的等级划分。在日本，就算是顶级的小野二郎店里那种不到两千元的套餐，在江城顶级的寿司店，可以做到人均四千元，如果要喝酒，那就没有上限了。

而 Sushi Kado 是那种街坊店，平易近人，没有菜单，应季的食材应有尽有。捏寿司的师傅也是追求完美，每一处细节都非常精致。人均只需要一千多元，还能免开瓶费。

姚秋秋在短信里已经反复强调她买单，柴小战只好带一瓶酒去，想来想去，和女生喝香槟配寿司比较搭配。

姚秋秋先把自己得到的信息提供给柴小战。肖福庆认为，江城这边的工作已经告一段落，想回澳洲陪陪孩子，顺便把离婚的事弄彻底，让姚秋秋放心，自己不是那种优柔寡断的人，既然说离婚就快刀斩乱麻。但是孩子的情况，他也希望姚秋秋理解，毕竟是自己的骨肉，好久没见，陪完孩子就回来陪姚秋秋。

开始的前几天，两人还通电话，后来慢慢地连消息都不回了，到最后，电话要么关机，要么接通后是名叫Shirley的助理反反复复地说："肖总很忙，有什么事可以等肖总回江城后再说。"

姚秋秋之所以哭着打电话，是因为突然有地产中介联系她，说有些个人物品要还给她。地产中介看她可怜，跟她说了实情。这房子一直在找人接手，因为是以公司持有的形式购买的，劳斯莱斯也是同一家公司持有，才有了买别墅送劳斯莱斯，这件事在地产圈成了一段佳话。房子已经成交，劳斯莱斯还停在那个车库，只不过主人换了名字，姚秋秋只能挤在合租房里哭。还好女壳王高兴给她发了十二个月的工资，让她手头还有些积蓄，等租约到期，姚秋秋打算去西九龙找找看有没有合适的小房子，至少自己能单独住。

柴小战把自己的情况也说了，当然隐瞒了柴父的那段故事。肖福庆真是吃人不吐骨头，钱拿到自己手，一毛钱也不愿意多给员工，用完了的人，像垃圾一样被他随手抛弃。

姚秋秋说着说着，潸然泪下，柴小战手足无措，也无心琢磨自己的得失，正准备用纸巾帮姚秋秋擦眼泪，一抬头看到自己的女朋友被一个陌生中年男人牵着手走进来。姚秋秋也注意到了柴小战惊讶的表情，顺着柴小战的目光看去，四目相对。

中年男人也看出来三个人惊讶的表情，转头问方珍珍："这两个人是你同学？"方珍珍没说话，尴尬地点了点头，快速地将自己的手从中年男子的手中挣脱出来。

中年男子并未觉察出方珍珍的异样，微笑着和姚秋秋、柴小战打招呼，还主动掏出名片，河西银行江城分行对公业务部副总经理——吴天。

柴小战整天跟着肖福庆东奔西跑，也没有加班费，常常干到半夜，回到家和方珍珍也没什么交集。他只知道方珍珍快毕业了，四处面试，父母也介绍了不少人，想必和这个副经理吴天，应该是工作上的关系。但是手拉手真是不应该啊。虽然一进门方珍珍就把手缩了回去，但是柴小战可看得清清楚楚啊。

坐上寿司店的吧台，吴天喋喋不休地介绍着自己这些年的业绩以及和方家长辈的关系，中间还提到和方珍珍的毕业旅行。柴小战越听心越凉，方珍珍跟他提过毕业旅行，不过她说的是和父母一起去的。柴小战一心扑在肖福庆的事情上，自然冷落了方珍珍，方珍珍的情绪变化，他也没有察觉，更是没有多问，哪知这一时疏忽，却给了别人可乘之机。

柴小战心如刀绞，原本以为自己有个强大的感情后盾，可以四处奔波。谁能想到没有陪好女朋友的下场就是有别人来陪。

姚秋秋看着柴小战的面部表情逐渐变得僵硬，一时也是手足无措，不知道该同情自己还是同情柴小战，本来是找柴小战诉苦的，现在反而是柴小战快哭了。而那个中年男人还在滔滔不绝地炫耀自己认识多少富豪和领导，方珍珍虽然神情多少有些不自然，却依然能从她的眼神中看出她对这个中年男人的倾慕。

姚秋秋不知道柴小战跟方珍珍到底出了什么问题，但再这么下去，怕是要出事，于是赶紧结了账，将柴小战带出了寿司店。

柴小战先送姚秋秋回家，姚秋秋觉得柴小战情绪不稳定，好心地邀请他到自己的家里休息一会儿，只是这邀请太过暧昧，柴小战根本无法应对，自己的头顶已经绿油油一片，更不想再跟这个所谓的前女友或者说是前任老板娘再生出任何瓜葛。

摆脱了姚秋秋之后，柴小战回到家，方珍珍还没有回来，应该还在陪那个所谓的银行副经理推杯换盏……一想到自己可能是最后一次管这里叫家了，柴小战不禁悲伤流泪，开始默默地收拾自己的东西。

收拾了半天，柴小战发现自己根本没什么家产，唯独存了些宝贝葡萄酒，一个箱子就放得下。柴小战把今天离职得到的赔偿款放到桌子上，算是最后一次给女朋友零花钱。

钱放下的时候，柴小战看到桌子上有两张商务舱机票的出票单——WU TIAN，FANG ZHENZHEN，江城飞巴黎。

心死是什么感觉？或许就是不再对现在的生活抱有任何幻想。

擦干眼泪，安慰自己，还年轻，路还长，没有什么大不了，不过就是一拍两散、一穷二白、一败涂地。

收拾好东西，柴小战拖着箱子，背着书包，漫无目的地在街道上晃悠。这样的时刻，若是在电视剧里，一定会让人想哭。

不知过了多久，泪流干了，汗早已浸湿了衣衫，柴小战才想到，今晚连个住处都没有。他打开手机，翻遍通讯录，这大半夜的却不知道该打给谁，身边唯一值钱的东西就是这一箱酒。可是这个节骨眼儿上，它们既不能充饥，也不能当房子住，柴小战越想越后悔，不该把遣散费都留下，现在连酒店都住不起。

柴小战颓唐地坐在路边，打开宝贝箱子，拿出了肖福庆给自己的那瓶特殊年终奖 Domaine Leroy Musigny Grand Cru 2000（勒桦酒庄慕西尼特级园干红葡萄酒），回想着过去几个月的人生。

人生如戏，让人啼笑皆非。

看来今夜，自己仅剩的选择，就是一醉方休了。柴小战熟练地拿起小酒刀，只是这次，没有堂皇的场所，亦没有美人在侧，没有抱负在胸，只剩他这一个孤影，在这天地之间。

端起酒瓶，一口饮下三分之一，不知是因为这酒太烈还是自己的境遇太惨，柴小战终于忍不住在这灯火阑珊的夜痛哭起来。

号了几嗓子，身边突然有人说话："大晚上的哀号啥呢？年纪轻轻的有什么想不开的？"

柴小战抬头一看，一个年纪四十岁左右的大叔站在眼前，络腮胡，一身胡乱搭配的休闲装扮，看着不修边幅，却颇有些派头；虽然个子不高，身材却修长硬朗，双目炯炯有神。

柴小战一声叹息："说来话长……"

"说来话长就慢慢说，长夜漫漫，有的是时间，不能辜负这么好的酒呀。"

听大叔提到酒，柴小战不由得抖擞起几分精神："你也爱喝红酒？"

"在全世界成千上万的葡萄酒品种中,我觉得黑皮诺是最令人着迷的那一种,亦静亦动,时而充满激情,时而优雅沉静,就像是略经世事的女子,细腻而不失浓烈……"

柴小战来了兴致:"你认得这瓶酒?"

"虽然这款名声不敌罗曼尼·康帝,品质却在榜首啊。"大叔娓娓道来。

柴小战倒吸一口凉气,自己虽然算不上品酒达人,但是这半年跟着肖福庆也算是见了几分世面,再加上之前纸上谈兵的积累,多少也算半个行家,却没想到高手在民间。在这平淡无奇的街边巷角,这个其貌不扬的大叔,都对红酒有如此的见解,几分失落、几分好奇倒是激起了柴小战攀谈的欲望:"您这是……行家啊?"

"嗐,算不上。谁还没个年轻的时候呢?年轻啊,就得是意气风发,该吃吃、该喝喝,人生肆意。你看你,这不美酒在手中吗?"

提到自己,柴小战的思绪又被拉回来:"我现在一无所有,就只剩下这点儿酒了。"

"有此美酒还不够?咱俩能遇到就是缘分,何不共饮一杯?"大叔话锋一转,柴小战明白了,这是来讨酒喝了。但他转念一想:"自己已经落到如此境地,就算是再名贵的酒也难品出其中的曼妙滋味,有个愿意听自己说两句的人,也不错。"

柴小战立刻同意,邀请大叔共饮。

"不急不急,美酒应该有美食搭配。"大叔摆摆手继续道,"走吧,去我那儿,看在你这爽快的分儿上,我也给你露一手。"转身向后走去。

柴小战鬼使神差地跟在大叔的身后，走街串巷，融入夜色之中……

大叔的厨房里早就放着一块巨大无比的牛肉，像一座小山，他一边翻着肉，一边嘟囔着："现在你们这些小孩儿就知道吃和牛，那玩意儿腻得要死，你们怎么吃得进去？今天你小子有口福了，我准备了好久的佛罗伦萨牛肉才到香港，你吃生的没问题吧？"

"您这是要做 sashimi① 吗？"

"没文化，佛罗伦萨哪有 sashimi？那叫 Carpaccio②！不过，今天你小子不会吃那么俗的传统菜式，米其林餐厅里的牛肉全都是垃圾，我给你整的是意大利大排档才会做的肉。"

"您这是奔着 mediem rare③ 搞？"

"肤浅！咱们今儿吃的是 rare④！"

"可以可以，人生还是第一次吃生肉。"

大叔很随意地在锅上给这座小肉山封边，又很随意地将其扔进烤箱，找了根专门给牛肉测温度的肉食温度计插进肉里，又随手拿了块粉红色的晶体："再来点喜马拉雅玫瑰盐，绝对完美！"

来不急惊叹大叔的厨艺，晚餐潦草地吃了几口就落荒而逃的柴

---

① 生鱼片。
② 牛肉薄片。
③ 三分熟牛排。
④ 半生的。

小战早已经饥肠辘辘。拿起刀叉大快朵颐，鲜香的汁水、滑嫩的肉在唇齿之间流传，迸发出让肾上腺素迅速飙升的绝妙体验。

肉的中间是全生，烤箱的温度还没有完全渗透进肉山，温暖的肉带着果冻一般的口感，虽然看到血水横流，但这种果冻般的肉质配上浓郁的肉味，确实是人生中从未体会过的鲜爽感，再配上Leroy Musigny Grand Cru（勃艮第女皇拉露）浓郁到极致的优雅……

柴小战感觉浑身的鸡皮疙瘩爆裂出来，不禁感慨："人生原来还可以这么过！"

大叔也不谦虚："这肉，你也就去佛罗伦萨能吃到，不辜负你这天下第一Musigny（慕西尼）吧？"

美食美酒当前，推杯换盏之间，醉意蒙上柴小战的心头，之前的种种烦恼，似乎都不那么重要了。

第二天一早，一阵嘈杂的电钻声传入柴小战的耳畔，他猛然惊醒，发现自己躺在一张陌生的床上，赶紧上下查看，衣服还在，背包还在，身上没有任何伤口，那么说明，肾也还在……唯独自己的家当，那一箱的红酒不知去向。

柴小战起身环顾四周，发现自己身在一间不到六平方米的小屋里，一张单人床占了房间的大部分空间，床前一张书桌，床边一个简易衣柜，是这个小屋里所有的配置。

推开门，客厅空无一人，茶几上放着昨天喝空的酒瓶、被吃干抹净的餐盘，柴小战的回忆开始慢慢苏醒：昨天跟一个奇怪的大叔回家，大叔给自己煎了一块美味的牛排。酒过三巡，柴小战抱着大叔，将自己这半年的经历连带着家世背景、前仇旧恨筛豆子般地悉数道出，一把鼻涕一把泪，哭得像个刚出生的孩子。

想到昨天的失态，柴小战挠挠头，有点不好意思。但确实，自己已经太久没有跟别人倾诉，太久没直面自己的内心了。或许因为陌生，才让自己卸下了防备。不管怎样，都要谢谢那个愿意倾听的人。

顺着电钻声，柴小战来到卫生间门口，想跟大叔道谢，然后寻回自己的那箱酒。

敲了敲洗手间的门，无人应声，只听电钻声时断时续地传出，柴小战试探着用力推了一下门，门突然开了，门后的人打了个趔趄。

此人并非昨夜的大叔，而是一个与柴小战年纪相仿的年轻人，他手举电钻，穿着已经洗得稍微变形的格子睡衣，头发蓬乱，戴着酒瓶底儿厚的近视镜。这个人起身端详柴小战："你就是新来的？"

柴小战讶异："新来的什么？"

"新来的房客啊，你好，我叫林富礼。"说着年轻人伸出手。

柴小战犹豫地递上了自己的手："房客？我……应该不是吧……？请问这是不是有位老先生？"还没等林富礼开口，只听客厅传来开门声，昨夜的大叔拎着大包小包的购物袋进了门，见到柴小战熟络地打招呼："你总算醒了，你可真能睡，你要再睡下去，我就要报警了。"

柴小战这才注意到客厅的挂钟，指针已经指向下午三点。柴小战不好意思地挠挠头。

大叔将买回的物品码放到冰箱里，顺便烧了一壶热水，招呼林富礼一同坐下，神神秘秘地从冰箱最里面掏出一个冻得发白的金属密封盒，拆开内部的铝制密封袋，又码放三个透明的大玻璃杯，将铝袋中的茶叶放入杯中。

此时，炉灶上的热水发出沸腾的声响，大叔将100摄氏度的沸水倒入杯中没过茶叶，等十秒，再把更多的水加进去，将杯子推到柴小战和林富礼面前。

"龙井？"一杯茶而已，为何如此神秘？柴小战不由得发问。

"是，也不是。"大叔神秘地摇头，"这是狮峰龙井。"

柴小战也算是个品酒高手，虽然茶酒之间的基本原理相通，但是文化差距甚大，茶里的门道柴小战了解不多，但听到"狮峰龙井"这四个字还是忍不住惊讶，这种茶以价格昂贵和产量稀少而闻名，即使是2008年，也要五千块钱一斤。

林富礼根本不懂什么龙井不龙井的，100摄氏度的沸水入杯，初饮只觉烫，不免抱怨。

"这便是狮峰龙井的绝妙之处了。"大叔顺着林富礼的抱怨娓娓道来，"普通龙井都建议用80摄氏度的水温，来保证茶的鲜香不会被高温破坏，好一点儿的敢用90摄氏度的水温。但全手工炒制的狮峰龙井，能用100摄氏度的开水。因为顶级的龙井，不怕高温。你强任你强，明月照大江。"说完意味深长地看了柴小战一眼。

柴小战听出了大叔在旁敲侧击地鼓励自己，心里多少有几分感动，但是如今自己落魄到这步田地，别说是狮峰龙井了，恐怕连普通龙井都算不上……

"再说产量和产地,狮峰龙井年产量极少,就算你到了杭州,开车进了狮峰龙井村,一家家商铺卖的狮峰龙井99%是赝品。大部分是江西和福建产的,少部分是浙江本省产的。

"然后是保存,狮峰龙井需要层层密封冷冻起来,首先是防止氧化,阻止气流的进入;其次是低温,降低活性,让龙井的香气封存在这狭小的空间里。这龙井的品种,只讲究一个'鲜'字。鲜味没有了,一文不值。

"最后是价格,最贵的尖货是全手工炒制的。即使是2008年,也要五千块一斤。最出名的炒茶大师就是陆洲东和唐小军,水平不分伯仲。"

"五千块一斤的茶?"林富礼惊呼,然后撂下杯子,直呼喝不起。

这勾起了柴小战的好奇心,这大叔不知什么来路,表面上平平无奇,喝着五千块一斤的龙井,却沦落在这样的市井之地,难道是看破红尘的"富二代"?但转念又打消了猜测,这种在电影里出现的桥段怎么会出现在自己的身边呢?有了肖福庆的前车之鉴,柴小战已经看淡了这些表面的浮华,当下最重要的问题是解决自己的落脚之地。

柴小战打断了大叔的话,起身准备道谢辞行。

这时大叔又开了口:"房租三千五百元一个月,正常情况押一付三,最低限度可月付,你昨天的故事不错,值得打个八折,四舍五入,我算你两千五百元吧,就是你昨晚睡的那个右手边的隔间,周边的价格你可以打听一下,没有比这更低的了。我是你的房东,也是你的室友,你可以叫我老姜。水电费按月结算,你、我还有小林三个人均摊。厨房里的油盐酱醋随便使,反正也没几个钱。冰箱里呢,要是有吃的,看下保质期再吃,钥匙在门口的鞋柜上,出门的时候记得带,其他的应该就没啥了。"

老姜噼里啪啦地一通介绍,柴小战还没有缓过神来,刚要开口询问,又被接上话茬:"知道你兜里没钱,昨天晚上家底你都交代清楚了,你那箱酒呢,暂且押在我这儿,等房租补上,酒领回。"说完就开始细心收拾桌上的小铝盒,端着茶杯转身进了屋。

林富礼也松了一口气,对柴小战说:"厕所毛巾架坏了,我刚才简单地重新钉了一下,不过估计不大结实,你用的时候小心点儿,我先去赶论文了。"说完也进了屋。

真是奇奇怪怪的室友,热情又冷漠的境遇,莫名其妙的一天,突然降临的落脚地,似乎这个世界还没有那么糟。柴小战回到自己不到六平方米的小屋,抬头看着空旷的天花板,恍若隔世。

第九章 山穷水尽

新工作面试得都不顺利,各家公司都在裁员,连保险公司都停止招人了。老姜每天神龙见首不见尾,大部分的时间,柴小战跟林富礼待在家里。

林富礼是 B 大的硕士研究生,正努力朝着博士学位进阶,他自己设定的终极目标是化学教授。出于礼貌,柴小战也客气地问了他主攻方向。

"NMN,是一种让人返老还童的化学物质。"柴小战赶紧让他打住:"还化学教授呢,你导师是教体育的吗?"

闲来无事,林富礼从头到尾帮柴小战梳理了一下最近的遭遇。"前女友变成老板娘,帮老板卖壳成功后被炒。回来安慰前女友兼前任老板娘,结果遇到现女友出轨。你是 1984 年属鼠,今年是 2008 年鼠年,你犯冲啊兄弟!"

林富礼修的哪是化学。

林富礼还补了一句:"没事的,兄弟!犯冲不怕,正所谓不冲不发,你今年要发达了。'山穷水尽疑无路,柳暗花明又一村。'知道什么叫作触底反弹吗?说的就是你这样的。"

科学、玄学、经济学在林富礼的口中不停地变换着,柴小战相信了他是个研究生。

事业、爱情、人生失意的柴小战,决定放弃唯物主义辩证法。抱着试一试的心态,他坐车去了圆玄院。

圆玄院仿照白云观而建,进出的流程非常复杂,柴小战按照规定走完了所有的流程。出门之后遇到一个看着像江湖术士一样的人,柴小战走上前与这个人聊了起来。

"小友今日可有烦忧?"

"您猜猜,我有没有烦忧。"

"小友可是事业不顺,人生失意,感情也遇到坎坷?"

"……"

"但你会'山穷水尽疑无路,柳暗花明又一村'。"

"承您吉言。"

"触底必会反弹,巧遇贵人带路,一定要抓住时机。"

"我今年犯冲怎么办?"

老道捋了捋胡子:"不冲不发!"

柴小战觉得还不如坐在家听林富礼给自己胡说算命呢,说的都一样。

坐上回程的公交车，天色渐暗，柴小战突然收到了山城山水房地产董事长李若楠的短信："弟弟啊，今天拍卖会怎么没看到你啊？"

柴小战早已经不是土豪的助理了，拍卖行的图录寄到旧公司地址，没有图录提醒，自己早就把买酒的事忘得一干二净了。

柴小战当然知道，李若楠董事长有大把的金钱和机会，但有钱人可不是白白就可以拿来利用的，自己几斤几两，柴小战心中有数。万丈高楼平地起，肖福庆的事情也算是给柴小战一个教训，表面上的光鲜不过都是假象，真正想要出人头地，还是要脚踏实地。他不想攀龙附凤，毕竟成功不是攀附出来的，他也没有攀附的资格，更不想再自找麻烦。

正当柴小战在想如何拒绝李若楠的时候，第二条短信又来了："你赶紧过来帮姐画画圈，姐都不知道该买什么了。"

只犹豫了一秒，柴小战就立刻回复："好的，姐。我马上就到。"

柴小战就是这样的人，你荣华富贵的时候，他不会贴过来。但若你需要他的帮忙，他会义无反顾地上前。

柴小战回到家中翻箱倒柜地找出久违的西装，坐上地铁，穿梭于城市熙攘的人流中。

Zachys拍卖行的单一藏家大拍，正在进行。

柴小战熟练地办理了号牌，突然想到自己只是一个穷光蛋，换了号牌也没用，又跑回去找个借口退掉了。大张总依然给他留了最好的位置，紧挨着女企业家李若楠。大张总还惦记着柴小战上次精彩的表演，李董事长今天还没有举牌，听说她要多买勃艮第红酒，特地找了一个勃艮第大藏家来江城送拍，大张总自然不敢懈怠。

柴小战熟练地翻着图录，随手画圈，顺手还标出了最高价。李若楠有了底气，频频举牌，大张总赶紧把准备好的2000年大金羊给两位金主满上，心想这两人喝得越醉越好。李若楠横扫全场，斩获了Zachys拍卖行市场上"白手套"的殊荣。

临到散场，李若楠已经喝得醉醺醺，问柴小战对上市公司的业务熟不熟悉。柴小战很谦虚地表示了只是当助理，做了很多辅助工作，专业的业务只是接触，不敢说熟悉。

李若楠当即给柴小战布置了一项工作："你帮姐打听打听，我想买个上市公司的壳，用来装资产，姐给你佣金。"

怎么又是壳？

自从开始帮肖福庆卖壳，人生就进入了怪圈。衰事接踵而来，现在连刚认识不久，只是一起喝酒、买酒的姐姐，也开始问壳。

柴小战不禁仰问："苍天啊，这偌大的江城，就真没有什么别的事可以让我做了吗？"

柴小战还真适合帮李若楠问壳的事，因为他卖过。他和财务、法务开过会，整理过大量资料。他甚至和江城女壳王高兴，打过交道。高兴办公室的Eurocave酒柜上贴的酒单，都是自己亲手整理出来的。

姚秋秋自从知道柴小战失恋了，就时不时地发消息，有一搭没一搭地安慰着。毕竟，把她人生中仅有的两个男人相对比，柴小战何止是靠谱，简直是地球上第一靠谱的男人。有什么事情他都扛，有什么困难他都想办法解决，有什么委屈他都忍着。拿肖福庆做参照，柴小战的形象简直闪闪发光，更何况他们之间还曾经有一段过往……

正在姚秋秋思绪万千，想到当年与柴小战的青葱岁月时，柴小战给姚秋秋发了条短信："姚秋秋你好，我这边有个朋友想了解下买壳的事宜，你看是否可以汇报给高总，安排人和我对接？"

姚秋秋收到短信，有几分失落，却也有几分好奇。虽然感情层面上对于柴小战有所倾斜，但回归现实，姚秋秋多少也是有点看不上柴小战的现状，老板跑路，女友背叛，现在突然来问壳的事，他哪来的朋友？如果有，那这个朋友靠谱吗？有这个实力吗？

虽然有一连串的问号在姚秋秋的脑海中闪过，但是这个男人的忙，自己必须帮。她唯一担心的就是高总会觉得自己轻率，什么不靠谱的生意都要接。

周一，是女壳王高兴最忙的时候。她最讨厌周末、讨厌法定假期、讨厌春节，凡是耽误她工作的一切，她都讨厌。周一上午密集地开了四个会，一眨眼就到下午三点了，她这才在办公室吃了几口简餐。姚秋秋趁高总吃完饭喘口气的时候，怯生生地跟高总汇报了柴小战的情况。女壳王高兴一听有人要买壳，"噌"的一下，从大转椅上站了起来。

"你现在就给小柴打电话。"

"快点儿，你还愣着干嘛？赶紧拿手机去啊！"

姚秋秋赶紧拨通了柴小战的电话，柴小战正在面试，按掉了狂振的手机。

高兴脸一横，她可不管你什么借口，她要讲的电话，你必须接，不接就打到你手机没电为止。

姚秋秋站着打了十几分钟电话，这才接通。电话那头儿柴小战相当头疼，面试机会难得，电话一直在振，最后只能关掉手机。他刚出门打开手机，电话就进来了。

"姚秋秋，啥事儿这么急？不能让我面完试再说吗？"

"是高总找你。"

柴小战这才想起来，还有买壳的事没办好呢。

高总抢过电话，热情地说："小柴啊，我是高兴，你那边买壳的事情是怎么回事呀？"

"高总您好，我有个姐姐想了解下江城的壳，她是山城山水房地产的李若楠董事长。您看方便安排个同事和我对接吗？"

高兴一听是李若楠，十分激动。李若楠一手创建的山水房地产公司，在国内经历了经济高速增长带来的房地产红利。李若楠是工人出身，年纪轻轻就当了厂长，遇到地方国企改革浪潮，带着工人们进军山城房地产产业，做得风生水起。

"小柴，你知道我一向很看重你的，这个事情我亲自对接。你问问李总什么时间方便，我请她吃个便饭。"

高兴转念一想，不行，不能太着急。李若楠也是国内知名的女企业家，年纪比自己略小，但是她们家的地产项目，个个都是经典项目。无论是高档小区还是普通住宅，都能高质量完成，口碑极佳。她买壳一定是要装地产公司进去，这一弄可能就是个大生意。她绝对不能着急，心急吃不了热豆腐。

"小柴，你先来我办公室聊聊吧，我这儿有上好的明前龙井，再不喝就不新鲜了。"

肖福庆来卖壳，喝的是立顿红茶；柴小战来买壳，喝的是明前龙井。不是因为柴小战名气大，而是他后面的李若楠，实在是太香了！

第十章 柳暗花明

柴小战赶到高兴的公司,姚秋秋已经站在门口候着了,穿着一双 Louboutin① 七厘米的细高跟,上面是正装一步裙,裙子非常短。姚秋秋故意走在柴小战前面,跟在后面的柴小战自觉地管理着自己的目光,却还是忍不住地瞟向姚秋秋雪白的小腿,思绪已经不知飘到了哪里。

姚秋秋突然站住转身说:"到了。"看着柴小战面红耳赤的样子,姚秋秋脸上浮现出得逞的微笑。

会客区,高兴早就做好了准备。熟悉的金属密封盒,熟悉的铝制密封袋,柴小战不禁脱口而出:"狮峰龙井?"

高兴颇为惊讶,她只知道柴小战是个品酒的高手,没想到对茶

---

① 高跟鞋品牌。

也颇有了解。

虽然不知老姜之前的描述有几分真，但柴小战依然试探着将前几日老姜所描述的慢慢抛出，这番现学现卖说得高兴频频点头，好茶与好酒一样，都需要识货之人来品尝。高兴觉得，这茶，不亏。

而更令高兴好奇的是，一个跑路小老板的小助理，是如何认识李若楠的。柴小战将如何与李若楠在拍卖行相识，后来如何以姐弟相称，再到最后李若楠问他有没有壳的事情，娓娓道来。

"高总，我真没想到是您亲自跟我谈，我也没十足的把握我姐会买，所以也不敢耽误您时间。"

"你这话见外了。山城山水房地产董事长李若楠，大名鼎鼎的女企业家。既然是她给你安排的任务，我如果安排个下面的人和你对接，岂不是太没有诚意？"

"高总，我没买过壳，只是协助肖总抵押壳给您，主要的专业判断也是您的财务、法务同事在做。我负责提供资料和整理文件，就怕我……"

"你打住，别怕。出来做生意，只能拼，不能怕。人一旦怕了，什么都做不好。再说，你小子跟着肖福庆这样的人渣做事，都能尽职尽责地做事情，我对你充满信任。还记得我要送你1985年的康帝吗？那是我在测试你。你如果拿了，今天就不会坐在这里和我谈生意了。"

柴小战当时只是本能，从没想过拿人家的东西，更何况要出卖自己老板的隐私。至于深层的信任问题，曹操说过："宁教天下人负我，休教我负天下人。"柴小战是反过来的，他不希望辜负任何人，宁可让别人辜负了自己，大丈夫问心无愧就好了。至于会不会吃亏，柴小战从来都没放在心上。

高兴本以为柴小战会帮李若楠打探些细节问题，没想到柴小战反倒帮高兴整理了很多资料。

"高总，我总结了下您这边的优势，方便给我姐介绍。您最大的优势，就是信誉度极高，在行业内口碑很好。您不仅资金雄厚，所有向您买壳的企业，后续都有很好的发展。尤其是在您的能力范围内，能解决很多上市公司的问题。您的法务团队，很多人曾在证监会工作，并且是金牌律师，专业能力极高。我私下听大家说，只要您的律师去了证监会，就没有解决不了的问题。"

高兴一听乐了，以前只觉得这小子做事踏实稳重，没想到拍起马屁来也是一把好手，还真是棵全方位发展的好苗子。

"不是我的律师厉害，而是我选择的买方比较好。我通常遇到的问题都是技术性问题，不是原则性问题，所以律师才有发挥的空间。"

柴小战一边点头，一边说："从我姐的角度来看，她肯定不可能只找我一个人问壳。毕竟市场上太多壳商了，大家手里都有自己的壳。至于买什么壳，我记得您当时说过，'干净'才是买壳的首要条件。不知道您现在手里有什么合适的壳可以推荐给我姐？"

这小子逻辑清晰，每句话都问在点子上，这让高兴很舒服。毕竟，和聪明人说话，不累。

"干净的壳，主营业务是地产，急于出手，价格合适，能随时交割，你觉得哪个壳合适？"

柴小战一时想不明白，是您高总卖壳，怎么反问我哪个壳合适？"难道……难道是肖福庆的壳吗？"

柴小战自言自语："干净，主营地产，随时交割，但是价格不便宜啊，当时估值是4亿呢！"

"当时是4亿，现在也就值2.5亿。肖福庆拿了贷款，连利息也不还。他心里的算盘我清楚，以为这壳赖在我手里我就没办法？只要我卖掉壳，自然是能偿还这些利息的。"

柴小战当然知道肖福庆心里的算盘，他肖福庆靠什么发家的？同样的套路，柴父可是最早见识的。但像高兴这种在江湖摸爬滚打多年的老狐狸，怎么可能会任他鱼肉？肖福庆那套有钱才是爷，欠钱的更是爷的理论，现在已然是过时了。既然高兴愿意出手解决，柴小战自然是乐意效力的。

"高总，您看我就报肖总公司的股票号，大股东持有74.8%，没有超过5%的二股东，大部分是散户。公司账面现金3000万，写字楼一层，还有1.5亿的第三方股票，但是没有流动性，可以忽略不计。您的报价是2.5亿，后续装资产和发债，您都提供专业财务和法务对接，费用另计。"

"行，你先这么报着吧。再有什么细节，可以当面谈。只要你介绍成功，我会支付你佣金的，放心吧。"

"别别别，那是我姐，我要是收了你的钱，这算怎么回事？这钱我可不敢要。"

在江城，买卖壳的介绍人，会向双方收取佣金作为交易的中介费。这就像你买房、卖房一样，中介收取佣金，天经地义。

"小柴，你先不要拒绝。首先，我需要你帮我这个忙。肖福庆抵押了这个壳子之后，一分钱利息都没支付过。我如果不能在短期内处理掉，那么他每年需要偿还我的利息将不低于2400万。照目前的市场，壳价只会下跌，看不到上涨的空间。要不了几年，肖福庆这个壳不仅分文不值，还要欠我不少钱。以他的路数，想要让他把钱吐出来，是不可能的。所以你如果能尽快地帮我把壳处理掉，也算是帮了我。

"其次，这本来也是我应该支付的款项。每一个中介帮我卖壳，我都会支付3%以下的佣金，我会根据市场来调整。好的时候，我可能只给2%，像现在这种情况，何止是3%，只要你谈成，我付你5%的佣金。"

柴小战嘴上说着不想要，但是还是算了一笔账，2.5亿的5%，也就是1250万。这是柴小战长这么大都没见过的数字，也是他不敢想象的数字。说不动心是假的，但自己何德何能，更何况是受李若楠所托，把事办好才是当务之急。柴小战也明白，如果不是看李若楠的面子，高兴也不会如此爽快与慷慨。

"高总，我这人虽然没什么钱，也没见过什么钱，但这举手之劳，实在是受之有愧。生意我尽力帮您谈成，这中介费我是真的不能要。我是缺钱，也想要挣钱，但我也知道钱对我来说不是最重要的。"

姚秋秋在旁边听得又急又气,这榆木脑袋,别人都巴不得提钱,把钱的事情谈妥了,才开始谈正事。这都什么时候了,有钱拿,又能帮你姐买到好壳,这有什么可纠结的呢?姚秋秋和柴小战相处三年,所以知道该怎么说服他,经过一番深思熟虑,她站出来替高总解围:"高总,柴总,这样行不行?高总照行规付5%的佣金,至于钱怎么用,柴总您说了算。您要是不好意思拿,就都给您姐姐不就好了?还能帮李总节省1250万,何乐而不为呢?"

一声"柴总"脱口而出,姚秋秋的内心已经发生了微妙的转变。突然听到柴小战能拿到那么多中介费,姚秋秋毫无嫉妒之心,反而很自豪,仿佛是自己一直看好的股票突然大涨,满脑子想的都是,这不愧是自己当初选择的男人,有潜力,有担当。如今这天上掉了馅饼,必须得劝他捡起来,捡起来柴小战可就成了这一票校友中第一个凭自己本事赚来千万的富翁啊!

高兴自然是不知道姚秋秋的小心思,只觉得小柴过于迂腐,送钱都不要。更何况这1000多万,是她高兴对柴小战的认可。这些钱若放到李若楠眼中,恐怕就不值得一提了。

柴小战也不知她们两人心中各有算盘,只是听着办法折中处理,忙着连连点头。

所谓,忘怀得失未必"失",患得患失未必"得"。

老天最爱笨小孩,失势或得势?老天自有安排。

第十一章 小酌怡情

柴小战把信息编辑好,发给了山城山水房地产的董事长李若楠。

"姐,刚和高兴高总对接完,她准备了全套的文件给我,请问您什么时候有空?我当面向您汇报。"

李若楠并没有叫柴小战去办公室,因为她的助理去了IFC的租售处提交了很多资料,被IFC拒绝了。

IFC,江城的金融中心,也是江城单价最贵的写字楼,只租不卖,而且不是谁都能租到。首先是世界500强,其次是主板上市公司且有一定规模,每年都要上交财务年报。对于山城山水房地产公司,在小范围内虽然有些知名度,但是在国际毫无名气,IFC拒绝了租赁申请。

李若楠住在司徒拔道的豪宅里,这个豪宅同样是只租不卖。对于上市地产公司而言,销售房产所产生的现金流未必可以持续,但是出租房产的收益，会提供稳定的现金流。这对于稳定公司股价来说，非常重要。顶级的房产，只租不售，普通的房产则尽快卖掉，回笼资金。这是江城房地产商的一贯作风。

李若楠住的豪宅，江城地产单价最高的楼盘，整栋楼的房间都是复式结构，十米高的挑高客厅，四个房间，还有一个工人房，住在这里的人，非富即贵。

柴小战按响了门铃，开门的是一个肤白貌美的女孩，扎着一个马尾辫，粉嫩的脸蛋，吹弹可破。这女孩穿了一条居家连身裙，露着光滑的小腿，白皙剔透；柳叶细眉，闪着光的大眼睛，翘翘的鼻尖，素颜的一张脸，却涂了淡淡的唇彩。

她微笑着把柴小战迎了进去，一点儿也不见外。反倒是柴小战，突然见到这么可爱漂亮的女孩，脸"唰"的一下，红了起来。

"您就是柴总吧，请您换拖鞋。"

柴小战正苦恼自己的袜子上左右两边各有一个破洞，这多让人难堪。好在李若楠家的拖鞋是可以遮住脚趾的那种，柴小战以迅雷不及掩耳盗铃之势，把脚塞进了拖鞋。

"我叫任盈菲，是李总的助理，您叫我 Fiona 也可以。李总在里面的茶室等您呢。"

李若楠的豪宅，从东到西，俯览江城景观。柴小战跟随任盈菲，穿过客厅之后是饭厅，过了饭厅是一间茶室。商人喜欢喝茶谈事，茶能静心，也能提神，喝茶谈事，事半功倍。

"菲菲啊，这就是我和你提过的柴小战。你看人家年纪轻轻的，已经开始帮我联系上市公司的生意了,你以后可要多向他学习。"

"柴总这已经是老江湖了,我刚毕业没几年,刚来江城也没多久,您再让我锻炼锻炼。"

柴小战不禁思索,这女孩看着不经世事的样子,没想到年纪比自己还大一点儿。

柴小战把包里的资料拿出来,从肖福庆讲到高兴,从上市公司讲到三年后的发债和配售。高兴很重视,准备了充足的资料,里面有财务数据,也有法律意见。

李若楠边喝茶边听,任盈菲手不停,嘴也不停,遇到听不懂的地方就问,柴小战把答不上来的都记下来。李若楠听着听着就走神了,走出茶室开始打电话。

确实太闷了,很多细节都是柴小战和任盈菲在核对,李若楠这个当老板的,只需要判断高兴靠不靠谱、柴小战靠不靠谱、这个壳子靠不靠谱,不过这些都是需要时间来验证的。

里面两个小年轻一问一答,三个小时过去了,李若楠没有再出现。天色渐渐暗下来,外面华灯初上,无数个巨型广告牌,照亮了整个江城。

柴小战看时间不早了,把任盈菲问的问题全部核对一遍,收拾好文件准备离开。出了茶室,客厅的沙发上坐着两个人,除了李若楠外,还有一个戴眼镜的瘦弱中年男子。

"姐,我和任小姐汇报得差不多了,大部分资料已经整理好了,还有几个细节需要我和高总那边再确认,时候不早了,我先走了。"

"你走哪儿去啊？来姐家，到了饭点还想走？喝够了才能走！"

听李若楠这么一说，柴小战决定留下来，倒不是因为饿，而是他帮李若楠横扫拍卖行的勃艮第，大部分自己只是听说，并没有尝过，这样的机会实在是不能错过。

李若楠是山城人，吃惯了山城菜，老殷是李若楠山城家中的老厨师，做了一手让人百吃不厌的江湖菜。

江湖菜，本是上不了台面的，是跑山城偏远郊县地区的货车司机和体力劳动者的美食。因为用料足，口味重，非常适合下饭。

任盈菲帮着摆盘，柴小战忙着选酒，打开客厅的酒柜，从上到下都是勃艮第和拉菲，连一瓶香槟都没有。李若楠特别嘱咐，今天招待深圳来的马总，也是爱喝红酒的大老板，让柴小战挑最好的酒开。

白葡萄酒选了 1985 年的 DRC Montrachet①，这款酒曾让江城著名的葡萄酒大师吕先生想起年少时的夏天，翻过奶奶家的院子，闻到那不知名的小白花飘来的甜香；第一款红酒选了已逝酒神最擅长的一级田、1978 年的 Henri Jayer Cros Parantoux（亨利·贾伊酒庄帕宏图干红葡萄酒）；第二款红酒，选了 1993 年的 Leroy Nuits-Saint-Georges Les Boudots（勒桦酒庄夜圣乔治布多园干红葡萄酒），这并不是 Leroy（勒桦）最好的一块田，却是最能展现实力的一块田，能把 Nuits-Saint-Georges（夜圣乔治）做到这个水准，还能有谁？

---

① 罗曼尼·康帝酒庄蒙哈榭特级园，世界上最著名的白葡萄酒之一。

最后一瓶，柴小战翻出来1963年的葡萄牙Quintado Noval（飞鸟园）国家火鸟园。波特酒，本是最后一杯的收尾酒，因为有着浓郁的酒精和甜味儿，所以可以用来搭配甜品。但是1963年的国家火鸟园，毫无艳俗之气，香味儿四溢。你能想象一枚摔炮，放出璀璨的烟火吗？你能想象一张白纸，呈现着五彩斑斓的色彩吗？1963年的国家火鸟园，展现出来的不是普通的波特，而是像顶级勃艮第一样，极致的优雅，极致的平衡，就连"甜"，也让你觉得，来自天上。

众人已经就座，李若楠先介绍了来自深圳的马总，在国内从事互联网行业，拥有一款网上聊天工具，年轻用户居多，早在几年前就已经上市，目前估值百亿以上，已经算是小有一番成就了。

介绍柴小战的时候，李若楠旁敲侧击地问柴小战的感情生活，柴小战也都如实说了。

"那还真巧了，我们家菲菲也是单身。"

李若楠的助理任盈菲，美国常春藤大学毕业后，留在华尔街工作，和男友分居两地，偶然看到男友的手机短信，发现这个渣男除了自己这个所谓的正牌女友外，还有无数异性好友，夜夜笙歌，堪称定期播种、随时发芽、批量收割的时间管理专家。这段感情让美国成了任盈菲的伤心地，于是任盈菲斩断情丝，毅然决然离开华尔街，投身江城。

喝过酒后的任盈菲，白嫩的脸颊透着粉红，举手投足间更多了几分与年龄不符的可爱，柴小战看在眼里，不禁有些心动。

酒足饭饱后，李若楠安排任盈菲送大家上车。马总被司机接走后，剩下柴小战和任盈菲二人。柴小战吹了吹风，酒劲稍微缓和了，任盈菲突然变了脸色。

"柴总，你是李总的小弟，但不要有不切实际的想法。李总人很好，围在她身边的小弟也很多，就算是她的亲弟弟，也都小心翼翼地做事情。你不要觉得自己有多特别，请你摆正位置。至于李总说我的事情，你就当听个故事。我来江城是工作的，不是为了抱团取暖的。"任盈菲一脸正气，毫无情面地撂下话来。

柴小战虽然对任盈菲有好感，但听了她这一番言论，也是很惊讶。所谓爱美之心人皆有之，对于这么漂亮的女生，有些倾慕是再自然不过了，但自己既没有做什么出格的举动，也没有什么非分之想，甚至连话都没多说几句，觉得着实有些冤枉。但仔细想来，人家是名校毕业，自然是出类拔萃的，又在华尔街镀过金，哪能和自己这个凡夫俗子相提并论呢。更何况自己什么状况自己最清楚。别说谈恋爱了，现在他是个连房租都没有着落的穷光蛋，不能因为人家叫了几句柴总，就真忘了自己什么身份，这种姑娘，自己不配，多看一眼也是错。

配不上，也惹不起，柴小战说了句"告辞"，转头出门，一溜小跑下了山。自己兜里剩的这点钱自己还是清楚的，甭管肚里消化着多么名贵的红酒，打车这么奢侈的事，自己依然配不上。

第十二章 「一锤定音」

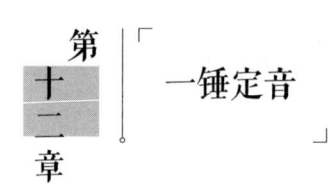

2008年,由美国次贷危机引发的国际金融危机愈演愈烈,迅速从地区发展到全球,从发达国家传到新兴市场国家和发展中国家,从金融领域扩散到实体产业,美国、欧元区、日本的经济陷入衰退,世界经济受到严重冲击。

9月15日,美国顶级投行倒闭,美国股市在金融股的带动下出现暴跌,倒闭引发多米诺骨牌效应,一时间全球金融市场四面楚歌。

柴小战到了高总公司,发现姚秋秋一早就在前台候着。她今天换了双Roger Vivier①的方头高跟鞋,略施粉黛,虽然没有红底鞋、超短裙性感诱惑,但是利落的裤装服帖地勾勒出她曼妙的身材,纯与欲皆在一步一摇间,别有一番风味。

---

① 法国鞋履品牌。

"最近高总的心情不是太好,很多股票的指数情况你也看到了,说话的时候留心些。"

柴小战默默地点了点头。自从2007年进入职场,到2008年失业,眼见整个金融市场崩塌,自己不仅身无分文,还莫名其妙担当着撮合壳买卖的重任。

高兴看起来没有什么异常,五十岁的金融大佬,什么没见过。所有的机会都在危机中萌生,1997金融风暴,高兴凭借谨慎的投资策略,不仅毫发无伤,还在大家恐慌之际,频频出手抄底,最终赢得了江城女壳王的美名。

高兴听了柴小战的汇报,觉得任盈菲问的都不是什么大问题,不少地方也是小题大做。虽然是在华尔街混过的人,但只懂些粗浅的入门知识,离金融大佬的程度,相差甚远。"你觉得我现在出面合适吗?"高兴问道。

"您是江城有名的女企业家,李若楠董事长也是有名的女企业家。在您二位身上,我看到了相似的地方。我认为您亲自去谈,会比我进一步跟进要更好。"

"那你觉得我约她吃饭合适,还是喝茶合适?"

"吃饭必然喝酒,小酌怡情,可以让人与人之间的关系快速升温,所谓'万丈红尘三杯酒,千秋大业一壶茶'。但回到生意上,第一次见面,还是要稳重,喝茶比较稳妥。一壶好茶,大家平心静气地坐下来,互相认识,建立信任,接下去再进一步约吃饭喝酒,增进感情。"

高兴得到了自己想要的答案。

"秋秋,小柴这孩子懂人情世故,你以后多向他学习学习。"

姚秋秋看柴小战的眼神,早已没有了不屑和冷漠。这个男人对她来讲,像宿命一般的存在。从肖福庆消失,到工作上的交集,再到帮自己的老板处理生意,柴小战的成长与变化,她全都看在眼里。最重要的是他身上那些不变的品质,踏实、稳重、不被外界的浮华所动摇。无论遭遇怎样的诱惑与打击,他都能够不忘初心,依然是当年那个在校园里令姚秋秋一见倾心的柴小战。

现在的姚秋秋,早就忘了当年分手时内心的想法,只觉得这段邂逅,是冥冥之中老天的安排,让她与这个男人再续前缘,谱写人间佳话。

当天下午,李若楠带着助理任盈菲走进了高兴的公司。姚秋秋和任盈菲站在一起,一个婀娜多姿,桃腮杏面;一个秀丽端庄,软玉温香——真的是各有千秋。一时间,柴小战竟不知把自己的目光落到谁的身上,只觉得乱花渐欲迷人眼。

李若楠没有带任盈菲进高兴的办公室,高兴也让姚秋秋在外面等着。唯独柴小战,被两个人叫进去开会。

任盈菲认为自己是个极为出挑的女生,遇到了另外一个颇有姿色的女生,难免会多看几眼。女人是最了解女人的,这个高总的助理姚秋秋,眼神中对柴小战的关心和爱慕都快溢出来了,两人关系肯定非比寻常。想到之前自己对柴小战的告诫,不免有些尴尬。早知道人家这边郎情妾意的,自己当时说的话,多少有些自恋了。

任盈菲受了情伤后,也遇到过不少男孩子的追求与暗示,但她全都义正词严地拒绝了。所谓"一朝被蛇咬,十年怕井绳",在任盈菲心里,不再为情所伤的最好方式,就是不给自己触碰感情的机会。感情和工作最大的区别就在于,感情的付出不一定会有回报,还有可能被伤得遍体鳞伤。但工作不会辜负你,努力了总是能看到收获的。所以她现在一门心思,只想好好工作。

李若楠在席间旁敲侧击地撮合柴小战和自己,本是无意的几句话,却让她内心非常抗拒,像是炸了毛的刺猬,她立即义正词严地敲打了柴小战,虽然反应过激,却也情有可原。只是可怜了柴小战,莫名其妙地给自己扣上了个"高攀"的帽子。

想到柴小战有这么一朵妖艳的海棠倾慕他,自己却"自作多情"地以为全世界的男人都喜欢自己,此刻,女人奇怪的好胜心涌上心头,任盈菲突然感觉有那么一点儿酸。

老板在屋里开会,助理在屋外聊了起来。年纪差不多的美女自然有说不完的话,从口红、包包到工作、八卦,两个人很快就熟络起来。

既然知道了柴小战是姚秋秋的心上人,任盈菲也就有意无意地多夸了柴小战几句,年纪轻轻却踏实稳重,就连李若楠这样的大企业家,也赞不绝口,本来是顺着姚秋秋的心思多说了几句,谁知道姚秋秋听到耳朵里,却产生了一<u>丝丝</u>的敌意,柴小战现在可是"真命天子"般的存在,一点儿风吹草动都会让她不由自主地草木皆兵。

任盈菲明眸皓齿,肤如凝脂,宛若天仙,虽然没有自己傲人的曲线，但是却楚楚动人。这么漂亮的女孩夸奖柴小战，姚秋秋甚至有些怀疑，这女孩该不会也看上柴小战了吧？

不一会儿，前台领着IFC租售部总经理进了高总办公室。原来是李若楠自嘲，说想进驻IFC，但却吃了闭门羹。高兴一个电话就把IFC租售部的老大叫来了，让这个经理务必安排妥当。

股市一直在跌，壳的价格也一直在跌，很多卖壳的人已经开始观望市场，而不急于推销了。但是高兴手里的这个壳，已经产生了负债，如果不能及时卖掉，肖福庆欠的钱会像滚雪球一样，越来越多。

因为欠债，肖福庆已经不接高兴的电话了。高兴也不客气，直接找专业的公司来清算壳，优先偿还债务。如果不够还债的话，肖福庆还要倒贴钱给高兴。

两个老板坐在一起，正事一句也没谈，她们先聊的是朋友圈，发现原来有很多共同好友，最后却是柴小战牵线搭桥。高兴是搞金融的人，对于李若楠的状况了若指掌，反倒是李若楠只是听过高兴的名字，对于买壳的事情还在摸索。

入秋之后，虽然江城仍然炎热，但对茶叶的选择已经和夏天不同。高兴准备了潮州高山单株老树单丛，这老树的单丛价格是顶级单枞的七倍。鸭屎香、夜来香、宋种和桃仁香，已经算是单丛中的优质品种。

高山单株老茶树的产量非常少，每年也就一斤的产量，所以价格无论要得多高，都不缺买家。更何况，江城的富豪们都以喝单丛为傲，高兴能买到已经很幸运了。老单丛少了一点儿香甜，多了层次感，单宁细腻，尾韵延绵，又是一番风味。

高兴帮李若楠分析了现在的局势，买壳需要一点儿运气。首先，有干净的壳可以买，目前市场上有一些合适的选择；其次，价格要合理，壳价已经跌到很多人不想卖了，这个时候进场，就算什么都不做，壳放几年还能赚几亿；最后，业务能匹配，你地产公司买地产壳，把地产项目装进去，完美。

"我手上的这个壳很干净，小柴很清楚，当时他帮着做的文件。如果你买下来的话，你的律师和财务人员也要过一遍，等于一个壳，两家顶级公司全查一遍，出问题的可能性极低。"

"这个我听懂了。你们现在报价 2.5 亿，我认为是合理的，但是是否还有空间？毕竟目前市场上的买家并不多。"

"李总，不如这样，你觉得多少钱合理，你来报价，我能做就做，不能做咱们就做朋友，不谈壳。"

"肖福庆抵押这个壳给你，拿走了 2 亿，我如果出价 2 亿，你会不会卖？"

"成交。"高兴推了推眼镜，很冷静地接受了李若楠的报价。

柴小战吃了一惊，这个壳值多少钱，自己是一路看着跌的，从 6 亿跌到 4 亿，从 4 亿跌到现在的 2 亿。然后他又迅速帮肖福庆算了一笔账，20% 的利息，每年至少要还 4000 万，还不算利滚利，恐怕不止 4000 万。高兴帮肖福庆卖壳要收 10% 的佣金，这又是 2000 万。高兴一句"成交"，肖福庆瞬间欠债增多。

"高总痛快，不愧是壳王。"

高兴也开心，毕竟脚下的雷，终于摘了。

"我多问一句，您拿了我这2亿之后，怎么对付肖福庆？"

"李总，我在江城这么多年，什么流氓没见过？肖福庆怎么可能欠钱不用负责任？我早就让他签了个人担保，我现在已经找律师在告他。胜诉后我再去澳大利亚告他，律师费至少1000万，也要算到他肖福庆头上。"

两个女老板想到肖福庆的结果，一起捧腹大笑。

柴小战听罢，感觉心中一块大石头落了地，所谓"踏破铁鞋无觅处，得来全不费工夫"。果然是恶有恶报，自己处心积虑了那么久，到头来不如高兴翻云覆雨来得痛快，三下五除二的工夫，就够老肖喝一壶的了。

高兴叫姚秋秋和任盈菲进来，两位女老板生意已经谈完了，剩下的都是些琐碎的工作，让各自的助理做好，找柴小战一起对接。两人打趣似的成立了"山城山水房地产借壳委员会"，高兴和李若楠做会长，柴小战做秘书长，姚秋秋和任盈菲做副秘书长。

柴小战是委员会里唯一的男性，说是秘书长，实职就是拉皮条的，促使交易完成。毕业后的一年多，败也卖壳，成也卖壳，虽然还是一穷二白，但他至少看到了曙光。

高兴送走了三人，把相关负责人全叫进了办公室，详细布局未来几年山城山水房地产的金融服务工作，一展女强人本色。

第十三章 「你的人生」

所有交接工作都在紧密进行中，高兴让柴小战约李若楠一起吃饭，作为"山城山水房地产借壳委员会"的第一次聚餐，地方由柴小战这个秘书长来定，酒则让秘书长在自己的酒柜里选。

选酒对于柴小战来说不是难事，更何况高兴的酒柜还是自己细心整理过的，可谓了如指掌，一番圈点之下，高兴连连点头，还送了他两瓶朋友刚送的红酒作为奖励。

这两瓶酒是日本知名财团理事长送给高兴的礼物，感谢女壳王帮助他们的企业上市。高兴早就听说日本人送礼，礼不在厚，心意最为重要，所以对这两瓶自己完全没有听说过的品种也欣然接受。而在日本的礼仪中，受礼者也可以将收到的礼物转送别人，这会让礼物更具有实用性。

因为礼物并不名贵，柴小战也就没有推托。

酒选好了，餐厅却仍需斟酌，第一次聚餐，去的又都是女性，格调、品位、环境、口味，缺一不可。柴小战需要回去再做点儿"功课"。

"功课"如何做呢？柴小战最先想到的是找老姜取取经，而手头的这两瓶酒正好可以"借花献佛"。

经过上次对狮峰龙井的"现学现卖"，柴小战尝到了甜头，也深信老姜的经历并不简单。只是每次找机会询问，老姜都讳莫如深，柴小战也不便追问。

柴小战捧着酒回家，正巧遇到老姜也在，刚想打声招呼，还没来得及开口，老姜却先一步大声惊呼。

"你从哪儿搞来的这两瓶酒？"

"朋友给的，别人送她的，可能不是什么太名贵的酒，所以就转送给我了。我正想着今天咱老哥俩儿一起喝了它呢。"

"你？今天居然要喝掉它们？你可知道，这两瓶酒有多罕见吗？"

"罕见？"柴小战来了兴致，坐到老姜身边。

"这个是Beau Paysage（日本美景酒庄）的顶级酒，来自山梨县的葡萄酒庄，由传奇酿酒师冈本英史一手创建，因为酒风非常飘逸，又需要长时间窖藏才可以喝，所以一般酒庄只卖给日本顶级餐厅，市场上根本见不到。另一个是Domaine des Miroirs（镜子酒庄）的酒，因为产量极少，只供应给少数顶级餐厅。只要你手里有配额，十欧元拿到手，一转手就可以卖到两百欧元，整整二十倍的利润。"

老姜看着这两瓶酒，眼睛都冒出了光："虽然在红酒的价格排行榜上，这两瓶酒算不上什么，但是就罕见程度来说，江城可能只有这两瓶啊！"

"真的像你说得这么牛吗？"柴小战有点儿不信。

"这是葡萄酒发烧友都不知道的酒，你一个纸上谈兵的人没听说过也很正常。"

被老姜说"纸上谈兵"令柴小战很不服气，但确实无力反驳，虽然自己觉得对红酒精通，但也知道世界之大、酒行之深，自己所涉猎的知识不过是冰山一角。他早该想到，能够作为礼物送给高兴这么大老板的，肯定也并非凡品。

这酒现在落到了自己的手里，犹如烫手山芋，送也不是，还也不是，这让柴小战犯了难。

老姜听完事情原委，建议小战直接将这两瓶酒带到聚餐的地方喝掉，只需要介绍清楚这酒的罕见之处。至于他为什么收下，可以埋伏笔、卖关子、耍机灵，编个话术就好。

"你小子可记住了，这本来可是你要请我喝的酒，你现在可欠我两瓶好酒了！"

"大恩不言谢，好酒改日还。帮人帮到底，那这餐厅又该如何选择呢？"柴小战趁热打铁追问下去。

"我就知道你小子醉翁之意不在酒。"老姜倒也不端着，在他的一番点播之下，柴小战豁然开朗。

隔天，大家约好时间，地点则由柴小战发到各位"副秘书长"的手机里。

Ta Vie，在法语里解释为"你的人生"。他之所以选这里，是因为这里的大厨是佐藤秀明。佐藤秀明曾在法国学艺，后来在传奇日本米其林三星餐厅"龙吟"进一步上位，随后在众人的期望中，成立了龙吟第一间海外分店，选址江城。

与日本的龙吟相比，江城的龙吟做得颇为失败，因为没有足够的食材，只能照猫画虎地把日本的龙吟搬过来。所以，日本的龙吟可以是三星，而江城的龙吟，永远超不过两星。

佐藤秀明放弃了没有前途的龙吟，带着自己做经理的太太，令立门户，这才有了全江城，甚至是全世界最好的法国餐厅之一——Ta Vie。

Ta Vie换了另外一条路走，它非常坚定地用最好的食材，烹饪出最好的味道。在以往的制作中，无论是分子料理、融合料理，还是创意摆盘，很多餐厅都输给了味道。这就像一个武林中人，花拳绣腿一套动作下来不仅没打倒对手，反倒将自己累得气喘吁吁。武林中的生存法则很简单，能用一招制敌，就不需要第二招，餐厅也一样。

Ta Vie坚持"纯粹、简约、时令"，这是大部分日本料理的灵魂。同时，它发出了餐饮界终极的怒吼——"味道是王道！"。

很多西餐厅在中国"死掉"的原因其实很简单，花里胡哨地一通融合，把化学的终极探险推广到烹饪中，但事实上，人类的味蕾非常简单，有近万个味道接收器在口腔中，好吃就是好吃，不好吃就是不好吃。

为什么外国人喜欢吃中餐,但是中国人却普遍不喜欢西餐呢?原因就在于我国能把西餐做好吃的餐厅不多。欧洲越往北,食材越少,餐饮越朴素;而越往南,尤其是到了西班牙,那里简直是人间天堂,不仅顶级的餐厅遍地都是,山里都藏着顶级的大厨,就连街边小吃——Tapas,西班牙海鲜饭都是简单却让人停不下口的美食。

好餐厅的真谛,一定是"味道是王道!"。柴小战第一个到餐厅,就先去和老板娘套近乎。毕竟,顶级餐厅的开瓶费非常昂贵,如果能开两瓶餐厅的酒,另外自己带两瓶,也是很不错的选择。

老板娘看了看柴小战准备的酒,倒吸一口凉气:就算 Ta Vie 在全世界这么出名,都没有拿到配额,这年纪轻轻的小伙子,却随随便便地就将这酒拿出手,真是厉害的客人。

柴小战边安排醒酒,边安排配菜。这时候,精明干练的高兴带着婀娜多姿的姚秋秋走进了餐厅。今天姚秋秋并没有穿职业套装,而是穿了一条黑色丝绸材质的低胸连衣裙,垂坠的质感,勾勒出完美的身材,没有一丝累赘的设计,只尽情衬托着美好的身体。

来之前高兴特别提醒姚秋秋,虽然这场聚餐名义上是建立合作的商务宴请,但在高档法餐厅用餐,可以穿得有女人味一点儿,不要太商务。姚秋秋则另有自己的小心机,希望能在任盈菲的面前,秀一下自己的身材、品位和气质。

但在柴小战这个大"直男"眼里,就只剩下前凸后翘、贴身低胸,只看一眼就能让他血脉偾张。他赶紧埋下头,生怕控制不住自己,在众人面前失礼。

大家刚坐下，又都站了起来，因为李若楠也到了，跟在她身后的任盈菲，身若无骨般地款款走来。这个皮肤白皙的女孩，第一次穿上高跟鞋，Manolo Blahnik①淡灰色的细高跟鞋的前端是麦穗形流线装饰，上面的水钻熠熠生辉，身上配了一条淡灰色的真丝连衣裙，手里抱了个斑鸠灰鳄鱼皮的 Mini Kelly②手包，左手上戴着一块同样颜色的鳄鱼皮百达翡丽世界，在她白嫩的颈部，是一条Mikimoto③的粉白色珍珠项链。任盈菲这身行头，哪里是什么助理啊，分明是一朵人间富贵花，清新淡雅，却又倾国倾城。

柴小战直接看傻了眼，姚秋秋也是第一次在女生面前感到"自惭形秽"。高兴什么场面没见过，但看到这小助理高调的着装和搭配，也着实吃了一惊。

众人就位，让柴小战介绍酒和美食，柴小战如数家珍地把酒和餐厅介绍完，众人全都大叹过瘾。

推杯换盏间，李若楠向高兴提了个请求："高总，你是江城金融圈最给咱们女性争气的企业家，能不能收个干女儿？我自己的闺女平时管教不严，再说，我也不可能天天在江城陪着她，还希望你这个前辈能带带后辈。"

"那我真的是高兴还来不及呢！她现在是在江城吗？还是在山城？"

---

① 西班牙鞋履品牌。
② 爱马仕迷你凯莉包。
③ 日本珠宝品牌。

"来,菲菲,你快去给你干妈敬杯酒。"

任盈菲款款地站起来,毕恭毕敬地与高兴碰杯。

原来任盈菲不仅是李若楠的助理,还是这个山城老板的亲女儿。

强势的女企业家,往往比大多数男性更强势。李若楠在企业里霸道,在家里更是霸道。夫妻二人青梅竹马,一早结婚生子,但李若楠一心扑在事业上,很少关心自己的老公和孩子,女儿更是老公一手带大的,自己很少过问。等孩子成年了,毕业了,夫妻两个人渐行渐远,最后和平分开,各自修行余生。

这对母女关系的公开,高兴真的是高兴都来不及,这么漂亮又富贵的干女儿,越看越开心。相比之下,姚秋秋却是说不出的沮丧,明明是年纪差不多的女孩,自己学历、见识、家境,样样都比不上她,更可恨的是,这女孩居然对柴小战青睐有加,自己和肖福庆的那段过去已经让柴小战不堪回首,她要想战胜这么优秀的女孩,赢回柴小战的心,实在是难上加难。

一旁的柴小战更是惊呆了。自己这个好姐姐,居然生了这么漂亮的女儿,那就更能理解任盈菲之前对自己的义正词严了。怪不得让我不要胡思乱想,癞蛤蟆想吃天鹅肉的事,真的还是省了吧。自己一个月薪水还不够人家一双高跟鞋,这女孩身上的一切,没有一个物件儿是自己买得起的,甚至见都没见过。自己现在能蹭饭蹭酒,已经是阿弥陀佛了。

"另外,你干女儿也有了,不如把我这弟弟也收了吧。他这孩子,脑子迂腐得要命,你可要好好敲打敲打他。"

高兴想这倒好，一"女，一"子"，凑了个"好"字。

"李总，柴小战这孩子，干了两件事，我要和你说说。"

李若楠洗耳恭听。

"第一件事，我假装贿赂他，把我酒柜里最贵的那瓶酒送给他，想打听他老板的隐私。其实他老板早就被我调查个底儿朝天了，但我是想试试这孩子的人品，结果这孩子吓得扔下酒就跑了，你说这孩子人品好不好？"

李若楠颇为欣慰地拍了拍柴小战。"第二件事呢，和你有关。你让他向我打听买壳的事，我跟他表示了，会有5%的佣金，这孩子打死不肯要。我说这是合理收入，他还是不要，最后还是姚秋秋给想了个折中的方案，说让他拿了钱给你，他才罢休。"

"柴小战，这是你对你姐姐我做的好事？自己收入不要，把钱让给我。你倒是做了圣人，别人怎么看我？吸血鬼？周扒皮？你个瓜娃子欠揍吧？"

柴小战听不得别人夸他，尴尬得浑身起了鸡皮疙瘩，恨不得找个地洞钻进去。李若楠破口大骂，自己反倒会很受用。

姚秋秋听到有人夸自己的心上人，自然是开心。但这番话下来，任盈菲也对柴小战刮目相看了，姚秋秋觉察到她眼里绽放出的光彩，心里说："这下完蛋了。"

"柴小战，买壳这件事情，我当然不会是只问了你一个人，最终选择你作为中间人，自然有你的优势所在。在工作能力上，你用不着妄自菲薄，更何况，我信的是你的为人。回到生意上，做生意最先考虑的,就是要把钱说好,就算是亲兄弟也要明算账,为的是避免最后扯皮。江城的中介收费,按规矩买家要支付3%,姐姐我不会因为和你关系好就多给你,但是该给的,我一分钱不会少给你的。"

"你个臭小子给我听好了,不提钱,是你大气本分,但是分文不取,就是迂腐。你进入商界,首先是把事情做好,不挣钱,哪里还会有把事情做好的动力?就靠一腔热血吗?来,柴大圣人,我听听你这个不要钱的中间商,有多少存款,够你这样活下去?"

失业了好几个月,柴小战哪里还有存款,不仅没有存款,还欠着老姜的房租。柴小战涨红了脸,小声地说了自己的存款:"省吃俭用的话,估计还负六千多……"

这数字一出,高兴和李若楠都忍不住捧腹大笑,姚秋秋和任盈菲也不禁莞尔一笑。这男孩真是自己见过最穷的打工仔了。但就是这样一个穷小子,居然坐在这里给两位顶级女企业家撮合业务,真可谓人生无处不青山啊!

"你明天到我家里报到,我给你找点儿事情做,免得人家笑话我李若楠穷酸,找了个存款负数的傻弟弟。就算你能丢我李若楠的脸,你也不能丢了你干妈的脸。这么大的老板,有你这么个不争气的干儿子,你说气不气?"

李若楠假意生气,高兴则笑着和稀泥。

饭局过后,高兴坐着自己的车走了,姚秋秋则假意说自己打车,实则在不远处的角落,想等着柴小战一起回家。

李若楠也上了自己的车,任盈菲让母亲稍等自己片刻,拉过柴小战,低声说道:"柴哥,对不起,之前对你说的那些话是我过激了……我没有恶意,但确实是因为自己先入为主的刻板印象,以为你有什么不好的想法……"

"什么话?你不说我都忘记了好吗!女孩子警惕一些是好事,以后你就是我菲菲姐了,有谁要是敢欺负你,召唤小弟就是了。"柴小战怕任盈菲尴尬,赶紧岔开话题。

"什么菲菲姐?听起来好奇怪,像大姐大?……"

"行,您要是大姐大,我就是您小弟,您指哪儿我就打哪儿。"柴小战一通胡说八道,让原本正经的任盈菲也绷不住了,憋着笑呵斥:"你还说?"

"行,我不说了。"

"我不要当什么菲菲姐,以后我还是叫你柴哥。"

"行,都行,你开心就行。菲菲,你放心,我对你真的没有非分之想,以前是,现在也是。以前你是我的好同事,以后我就是你柴哥,你就是我妹,哥虽然没钱,但也是铮铮铁骨的男子汉,谁要是敢惹你不开心,我就去削他!"

任盈菲听着这番话,不禁有些感动:"好,我知道了,我以前看错你了,抱歉啦!"

第十四章 意乱情迷

姚秋秋远远地看着二人说着悄悄话，气得直跺脚，看来自己推测得没错，这两人的关系果然不简单。她看到柴小战送走高兴和任盈菲母女，意气风发地走向地铁站，姚秋秋快步追了上去。

"柴小战，你给我站住！你说说，什么时候和任盈菲好上的？"

柴小战先是一惊，环顾四周，看见姚秋秋，正拎着裙子，凶神恶煞地看着自己，像只孖了毛的小猫，奶凶奶凶的。

"姚秋秋，不要造谣，我哪儿配得上人家？你仔细想想，我但凡有点出息，也不至于在情场混成这个德行。"

姚秋秋转念一想，自己作为柴小战的前女友，跟肖福庆的那点儿破事就不提了，方珍珍那个小贱人更是当着柴小战的面明目张胆地给他扣帽子。想到这儿，姚秋秋心里宽慰了一些，任盈菲一个千金大小姐怎么可能看上这个磨磨唧唧的傻小子。自己现在是对这个傻小子动了心，才觉得他哪哪都好。都说情人眼里出西施，这就好像是就连喜欢的是头猪，都害怕被别人抢走。

"那你们俩刚才在那儿嘀咕啥呢？"

柴小战看着姚秋秋着急的神情，在心中自言自语："她，不会是吃醋了吧？"

"姚秋秋，你别看两个老板许我那些佣金，但我是一分都没拿到。就算都拿到手了，你觉得任盈菲能看上我吗？我是帅气逼人，还是富可敌国？就算我自己膨胀了，你还不清楚吗？我比肖福庆都差了一百个段位好吗？谁会选我呢？"

姚秋秋一听肖福庆的名字，顿时脸上红一阵黑一阵："你还好意思提肖福庆？他干的那些不堪的事，你都不提醒我，亏我还和你相识一场，我跟你说，这事儿我和你没完。你去打车，送我回家。"

女人发起脾气来果然是毫无道理，一番话听得柴小战一愣一愣的，仿佛曾经主动投怀送抱的不是姚秋秋她自己，而是柴小战把人家推入了火坑。

"要不咱们坐地铁转小巴吧，我身上没带多少钱。"柴小战懒得迁就她。

"别废话，你是不是男人啊！"姚秋秋说着，拦下一辆车，生拉硬拽地将柴小战塞了进去。

出租车上，姚秋秋整个人靠在柴小战身上，什么话也不说，抱着柴小战的胳膊，死死地抱着，仿佛一撒手柴小战就会消失一样。柴小战能明显感觉到姚秋秋在自己耳畔的呼吸，不由得心跳加速，连身体都变得紧绷了起来。

好不容易到了目的地,姚秋秋竟然睡着了,整个人软软地靠在柴小战身上,怎么也叫不醒。出租车司机极不耐烦地反复催促,柴小战没办法,半抱半扶地把半睡半醒的姚秋秋从车上弄了下来,问清了她家的门牌号,把姚秋秋扛进家。

进了家门,柴小战连鞋都没脱就走进睡房,把扛着的软绵绵的姚秋秋,扔到了床上。但是惯性太大,柴小战也跟着摔在了床上。

两个年轻的肉体,轻微碰撞到一起,柴小战一个激灵,立刻起身转过头,准备离开。

姚秋秋坐起来,从背后搂住柴小战:"你怎么了?"

柴小战连连摆手:"你醒了?你醒了就好,赶紧休息吧,我先走了。"

姚秋秋用手指钩住柴小战的裤腰处,不让他走:"你真的忍得住?"

柴小战不敢回头:"当年都忍得住,现在还能没出息吗?"

姚秋秋一把扳过柴小战的身子,仰躺下去:"你是不是男人?"

柴小战来不及反应,重重地跌在了姚秋秋的身上,四目相对,柴小战想要起身,姚秋秋却一把搂住柴小战的脖颈。

柴小战转过头,一边轻轻地掰开姚秋秋的手,一边扯过一旁的被子给姚秋秋盖上:"乖啊,喝多了就踏踏实实地睡觉,不能意气用事。"

"谁意气用事了?我对你的心意你真的一点儿都感受不到吗?我

知道了,你嫌弃我了是吗?我的事,你再清楚不过了,我也是稀里糊涂就被人家骗了……"姚秋秋越说越激动,竟然哭了起来。

柴小战这下真的是手足无措了:"没有,真没有,我怎么会嫌弃你呢?"

"那你就留下来陪我,别走了。"

"我……我不行啊……你也知道的,我明天一大早要去李总那里报到呢,不能掉链子啊。"

"你就当是朋友,留下来陪我待会儿行吗?"

听到姚秋秋委屈的乞求,柴小战动了恻隐之心:"那等你睡着了,我再走可以吗?你也听到了,我姐让我明天一大早去报到呢。"

"行,那我先去洗澡。"

姚秋秋说完洗澡,就开始毫无顾忌地脱衣服,黑色的真丝连衣裙被轻轻地扔到柴小战的脸上,如肌肤一般丝滑,柴小战转过头去不看,脑海里却依然不自觉地浮现出一幅画面。

姚秋秋赤裸裸地从柴小战面前经过,走进浴室。柴小战悄无声息地站起来,往门外走。

听到门"咔"的一声被关上,姚秋秋再也忍不住,她大吼一声,蹲在浴室里大哭起来。隔着房门,柴小战听到了姚秋秋撕心裂肺的哭声,迟疑两秒,还是毅然决然地转身离去了。

第二天一早,柴小战就在李若楠家的豪宅楼下候着,一到九点半,给李若楠发了条短信:

"姐,您看我几点上去合适?"

"你现在来吧。"

柴小战上去的时候,李若楠还在电话会议上,可能没想到这孩子来得这么早,让他在茶室等着。

任盈菲已经褪去昨晚惊艳的装扮,重新回到了女助理的角色,得体的商务套装,端庄素雅,却不失灵气。

李若楠开完电话会,缓缓地坐在了茶室的主位上。"小柴,我在江城的公司,还没有办公室主任。这个岗位你熟悉,就是比助理再高级一点儿的助理。不仅集团公司要有办公室主任,每一个地产项目,都会有专门的办公室主任。我安排人力资源的老大和你对接细节,你就做我江城的办公室主任,负责我公司的大小事务。"

"姐,您不是有菲菲帮忙吗?我这能力不如给菲菲打下手吧。"

柴小战心想,任盈菲不仅是李若楠的亲女儿,又在李若楠身边工作这么久,自己一来就当了办公室主任,一来业务不熟悉恐怕难担重任,二来自己初来乍到就比任盈菲的职位还高,恐怕会惹她不高兴。

"菲菲还有别的工作要处理,再说,我们这个圈子路子野,喝酒都是拿壶喝。她一个女孩子抛头露面的也不安全。你和菲菲目前所有的工作重心就是把上市公司做好。"

"我刚和高兴通完电话,已经商量好了,她给你的 5% 和我给你的 3%,所有的佣金都会以股份的形式给到你。不给你现金,你知道为什么吗?"

柴小战哪懂这些套路,只是悄悄地算了一笔账,2 亿成交的壳,自己能拿到8%，也就是1600万，虽然突然说不给他现金了似乎是有些失落，但细想一下，本来就是还没有得到的财富，就算是跟自己说完全失去了，也没有什么损失。

"姐，具体的我真没遇到过，但是您和高总，肯定是对我好，我听话就行了，您看怎么安排都行。不给我都行，您这不是刚给了我工作吗？"

"你这臭小子嘴倒是甜，就是跟钱有仇。"

"我给你算个账，你现在如果选择要现金，就是1600万。我们现在股票价格很低，也没有交投量。如果我们最后公布买壳信息，山城山水房地产借壳上市，你猜猜我们的股票能涨多少？"

"我明白了，您和高总是嫌给我1600万还不够，还想让我多赚点儿。"

"我收了你当弟弟，高总收了你当干儿子，虽说这半开玩笑的辈分有点乱，但我们都是耿直的企业家，也不管这些。你是个好孩子，我们都看在眼里，这1600万本来就是你的钱，能够扶你再上一层楼，自然是再好不过了。"

"那我就恭敬不如从命了，我听您和干妈的安排。"

柴小战终于认命了，知道和李若楠、高兴两个女企业谦让，是谦让不过的。既然她们看好自己，自己也就只能坦然接受了。

"你这钱可别乱花，以后要留着娶媳妇儿用。"

柴小战也接不上话，想想曾经的过往，昨天的黯然不告而别，但他的感情生活真的是一团乱麻。这样的自己，又能和谁结婚呢？

看着柴小战陷入沉思，李若楠劈头盖脸地就是一顿训："我都和高总八卦过了，你曾有两个前女友。一个是被肖福庆耍了，一个是当着你面和背地里认识的新男友吃饭。你一个大老爷们儿，有什么好悲伤的？谈恋爱哪有做事业有意义？你现在单身，多好的时机，可以放心大胆地专心工作，常山赵子龙那句'大丈夫何患无妻，只患功名不立'，送给你。"

任盈菲听了自己老妈的一套歪理，偷偷地笑了。

李若楠继续训道："上天会给你安排，可能给你安排更好的，也可能给你安排不好的。安排不好的，你也不要怨老天，这都是让你好好修行，学会面对磨难。老天会把最好的，留在最后，让你有能力、有资格去承担这份美好。"

女人八卦起来真的是可怕，自己就这点儿破事儿，还烦劳商界两位女大佬儿一顿探讨，真是够了。但是李若楠这番道理，柴小战也听了进去。

"姐，没问题，我跟着你好好干。"

"你这身破西装哪儿买的？这也叫西装？"

柴小战心想，自己从连锁店买的西装非常紧绷，很适合当打工仔。

"你去中环都爹利街1号，21楼01室，Il Negozio，找个叫Derrick的台湾师傅做十套西装。你去就行了，不用给钱，我都安排好了。"

"男人,一身得体的西装、一双合脚的皮鞋、一块耐用的手表,这是商场最基本的礼仪。"

李若楠的道理,柴小战在书里也读到过,但是,架不住自己穷啊。

第十五章 Il Negozio 男装定制

很多企业的办公室主任模式，是紧密围绕在 C 位，展开保姆式的服务，既需要细心周到，又需要吃苦耐劳。

通常秘书都是有一说一，但办公室主任不同，办公室主任需要先把未来可能出现的"二三四五"也考虑到，并说出自己的想法供老板做决策。

秘书跟进的都是老板周围的事务，而办公室主任需要协调其他部门，跟进老板布置的任务，敲打某些不配合的部门总监，把老板不好说的话、不好做的事都办好，把老板甩过来的锅背好，百分百让老板省心。

许多白领都热衷于进入办公室工作。因为它的最核心的竞争力，就是能见到老板。只有见到老板，才有更多机会展现忠诚和才华。

而老板之所以是老板，首先是看人准。从肖福庆到高兴，再到李若楠，他们看到柴小战，都有招揽之心。只不过肖福庆是用完人就扔，高兴逢人要考验，李若楠最大气，疑人不用，用人不疑。

李若楠交给柴小战几项工作对接，上到银行的财务，下到司机的调度，柴小战一一记下来之后才出发。

都爹利街1号，在置地广场斜对面的小巷里，21楼便是江城顶级男装定制店。

门口的标识是一匹骆驼，代表着连接东西方的丝绸之路，男装店的老板希望把西方好的产品带入江城。柴小战推开门看到一个年轻人，戴着老花镜在裁剪。一个服务生走上前问了他的名字，便让柴小战坐了下来。

江城的全手工定制男装分好几个档次，最便宜的几千块，最贵的要15000元起，因为是全手工，需要三个月到半年的时间。虽然价格不菲，但是根据全球男装定制的市场来看，同等级的顶级男士西装在纽约需要5000美元，伦敦需要3000英镑，东京需要50万日元，所以国内的价格已经算是全世界最低的了。因此，类似江城、上海这样国际贸易较为发达的城市，男装定制业也相对繁荣。所以各国商业精英出差到此，难免会来这家店量身定制。

Derrick说着台湾腔的普通话，戴着厚厚的眼镜，双手在柴小战身上比比画画，当量尺滑动到裆部的时候，问了柴小战一个问题："柴先生，您平时会摆在左边还是右边？"

"这个和做裤子相关？"

"对啊，因为我们要为它留个位子，欧洲通常会摸一下大小，但是我们亚洲人比较保守，尺寸通常也不会很夸张，所以就问问您左右。"

柴小战红着脸说："左边。"

Derrick 边闲聊，边介绍自己。江城的裁缝界人才凋零，因为江城的年轻人不愿意踏踏实实地坐在角落里学手艺，宁愿去卖保险、炒股票、炒黄金，谁都不愿意学这门吃苦的手艺。所以这家江城顶级男装店的老板，选了一个顶级的台湾师傅，这个年轻人在国际上拿过金奖，一直给金融圈的大佬们做衣服。

面料李若楠已经帮他选好了，Navy Blue[①]，只有这个颜色才是商界最正式的颜色。而面料的品牌，选了全世界最大的羊绒控制商——Loro Piana[②]。

"李总特地嘱咐，安排最好的 Loro Piana 系列羊绒面料给您。很多人不知道，全世界最顶级的羊绒产自我们内蒙古阿拉善。"

"原来是国产的啊，那为什么这么贵呢？"

"因为 Loro Piana 以超高价格垄断了这里的羊毛，当地牧民当然高兴。这么高的价格，别的企业很难买得起。"

想想也是，亚欧大陆，因为欧洲有暖流的存在，不会那么冷。哈尔滨冬天零下三四十摄氏度，而同纬度的巴黎，一点儿都不冷。就算澳大利亚、新西兰，都没有内蒙古的阿拉善那样冷。

在面料领域，Loro Piana 独霸全球，从最贵的小羊驼，到缅甸僧

---

① 海军蓝的、深蓝的。
② 意大利品牌，诺悠翩雅。

侣用莲花根茎抽丝剥茧的混纺面料，男人衣服的款式或许经久不变，但是面料却千变万化。

柴小战量完尺寸，出了门，直奔IFC。

李若楠在高兴的帮助下，成功入驻IFC，人力资源部总监在办公室等着柴小战。

前台的漂亮女孩看着年轻的柴小战敲门，以为是来面试的，带着柴小战进了会议室。不一会儿，一个中年男子风风火火地跑进会议室："柴主任，抱歉抱歉，您第一天来我们就怠慢了。"

进来的是人力资源部总监——邝总。

邝总戴着高度数眼镜，黑白相间的头发梳得锃亮，西服衬衫看上去可比柴小战这身廉价西服好太多了。邝这个姓氏在广东地区很多，北方不常见。邝总的普通话不是很标准，但他很努力地在说普通话。

全公司上上下下都知道李若楠在江城招了个能干的小兄弟，不仅持有公司8%的股份，还坐上了办公室主任的高位。

邝总嘴上虽然客气，但是心里是有些不平衡的。自己奋斗了二十多年才坐上人力资源总监的位子，以前在银行工作，现在高薪来到山城山水，这孩子才二十四岁，不仅和自己平起平坐，未来可能位子比自己还要高。

邝总把门卡钥匙都转交给柴小战，雇佣合同和保密协议都准备好了。柴小战看到月薪那一栏写着10万，也忍不住吃惊：这工资开得也太高了吧，都想感谢Zachys拍卖行，如果没有那次机缘巧合，也不会有机会接触李若楠。

商场里的规律,只要围在大老板的身边,想不发财都难。

李若楠几乎天天都有饭局,柴小战作为办公室主任,自然是天天为李若楠服务。

姚秋秋天天发短信给柴小战问好,柴小战大多数时候不知道如何回复,但又不忍心完全不搭理,只好说自己忙碌。姚秋秋也不咄咄逼人,仿佛之前的尴尬完全没有发生过,但约好等柴小战第一个月的工资拿到手,要请客大吃一顿。

虽然股市持续低迷,但自从肖福庆的壳要转让给山城山水房地产这一消息传出,虽然还没有正式装资产进入,但很多人已经关注了这件事。李若楠的名字在江城金融市场出现,公司还没做什么,只是在复盘之后,股价暴涨。公司估值已经涨到了20亿。当然,这对于价值千亿的山城山水房地产来说,只是"湿湿碎",但对于手持8%公司股票的柴小战来说,1.6亿的纸面财富,简直就是从天而降。

柴小战依然每天陪着李若楠四处应酬。他还住在那个六平方米的小隔间里,却很难再有时间跟老姜和林富礼打招呼了。他甚至忙得没空看手机,等闲下来再看的时候,姚秋秋的短信已经好多条了,一直在嘘寒问暖。方珍珍也发来了短信,她想约柴小战聊聊。

柴小战自从离开方珍珍,既不接方珍珍的电话,也不回方珍珍的短信。她这次的短信发的是:"柴哥,有急事相求,方便见面吗?"

柴小战虽然对于之前的事耿耿于怀,但前女友说到了"有急事相求"，就不能不管不顾了。

他们约了在 Executive Bar 见面。

这是一间日式的鸡尾酒酒吧，最出名的是用日本空运来的新鲜水果做 Martini①。柴小战进门就看到方珍珍熟悉的面孔，还是俏皮的短发、长长的睫毛、可爱的大眼睛。柴小战看得出来，她的微笑中带着尴尬、后悔和焦虑。站在她身旁的，是上次见过的那个"奸夫"，在银行工作的吴天。

看到柴小战进来，方珍珍居然有一种陌生感，他那果敢坚毅的脸庞没有变。但他身上穿着 Il Negozio 的高定西服、极为考究的衬衫，脚上穿着日本顶级鞋匠的"森"系列的黑色正装皮鞋，这已经不是以前那个月薪 12000 元的柴小战了。他现在是千亿上市公司的办公室主任，纸面财富超过 1.6 亿的年轻亿万富翁——柴总。

方珍珍当初就想过，柴小战可能会成为同学里第一个白手起家的青年才俊。谁能想到高兴和李若楠联手帮忙，让柴小战一下子成了亿万富豪。这恐怕是 C 大毕业生里的传奇了。

柴小战看到吴天也在，愣了一下，这是什么奇怪的配置？鸿门宴？修罗场？难不成这两人良心发现了要跟自己道歉？

柴小战还在胡思乱想，吴天一个健步上去双手握住柴小战僵硬的手，柴小战能感受到吴天的热情和真诚，这突如其来的热情，让柴小战居然也不好意思冷漠下去了。

---

① 马提尼酒，一种品牌的味美思酒。

这次再递上名片，吴天已经不是对公业务部的副总，而是私人银行部的副总。柴小战一头雾水，不知道方珍珍和吴天的葫芦里卖的什么药。

原来吴天在行里太过出风头，被行长调离了。行长说让他去行业高度竞争的私人银行部锻炼。他刚到私人银行部就赶上金融海啸，银行裁员，而手头还没积累什么客户的吴天，已经得到风声，行长一直看他不顺眼，想把他裁掉，理由也很清楚，他工资高，客户少，风评差。

吴天觉得压力很大，金融市场不景气，经济形势严峻，谁还有多余的钱来支持吴天积累客户。吴天只好压榨员工，让他们拼命地找客户。现在，他连方珍珍的前男友也不放过。

好事传千里，本来柴小战的近状，只有姚秋秋最了解。所有的交易、公开的持股信息，姚秋秋神神秘秘地和自己读书时候的闺蜜分享了这个秘密，这些闺蜜也神神秘秘地和其他老同学分享了这个秘密。

谣言越传越神，最扯的故事是柴小战把自己前女友奉献给老板，但是被老板抛弃，只能去酒店上班，然后认识了高兴和李若楠，从此一步登天。

谣言的好处是，可以帮很多老同学缓解心理压力。怪不得他能进好公司，因为有个好爸爸；怪不得她能升职加薪，因为陪领导上床；怪不得他能赚到钱，因为豁得出去。他们需要谣言帮助自己缓解焦虑，为自己的不努力找块遮羞布。

这些话自然也传到了方珍珍的耳朵里，她不相信柴小战会为了利益放弃尊严，虽然她背叛了柴小战，但柴小战毕竟是她曾经深深喜欢过的男人。他骨子里依然是正直、果敢、忠诚的，曾经的他只不过是没有机会，才会碌碌无为，迫于工作的压力，忽略了方珍珍的感受。虽然两个人已经分开了，但作为知根知底的前男友，柴小战依然是个值得方珍珍信赖的人。

第十六章 南堂邓记

江城的私人银行市场,有两万多名客户经理。这两万多人处理的是十几亿人里最有钱的那千分之一的人群。

银行,既能满足普通市民的需求,也能满足富豪的需求。富豪的需求比普通人多,买飞机的贷款、家族基金的建立、复杂的杠杆产品、各种国家或企业的债券以及可以质押的股票。

吴天看上的,是柴小战那估值1.6亿的股票。

任何股票都有自己的价值,有的股票很稳定,而且升值空间很大。比如马老板的IT公司,股价只涨不跌。如果你有1.6亿的股票,私人银行和券商都可以拿来做抵押物,然后把现金贷款给你。比如抵押率是50%,你就可以拿到8000万的现金,股票依旧是你的,你只需要按期偿还银行的利息就好。

柴小战听懂了,但是这个事情他要和高兴、李若楠汇报之后才敢去开户。毕竟涉及上市公司的事情，自己的财富怎么来的，他太清楚了，有些钱可以拿，但有些钱不能拿。吴天这么急切地希望自己质押股份，柴小战不敢轻易答应。

吴天不停卖惨，一个刚进入快速成长期的金融精英，他头上的白发已经开始肆无忌惮地生长。巨大的职场压力，让他必须拿下柴小战这一单。方珍珍则咬着嘴唇，一言不发，若有所思地看着这两个男人。

自己背叛柴小战，只能说是一种趋利避害的本能，当更优秀的男人吸引自己的时候，她没有把握住做人的底线。看到柴小战的成长，说不后悔是假的，但她没有一丝嫉妒，因为她了解柴小战，自己当初选择跟他在一起，也是看好他未来一定会一片光明，只不过没想到他成功得这么快，她本以为自己等不起。

她不奢望获得原谅，何况柴小战连她的电话都不接，短信也不回，她也没有解释的机会，只能选择让时间冲淡一切。吴天并不知道柴小战和方珍珍的关系，以为他们只是单纯的同学关系。

吴天也是个优秀的男人，只不过比柴小战早十年进入职场。他丰富的阅历、自信的谈吐、丰厚的收入，种种魅力让刚进入社会的方珍珍无法拒绝。

第二天，柴小战向李若楠汇报了抵押股份的事情，李董事长点点头，说："你确实该学会安排自己的财富。"她只叮嘱了一件事，"这8000万怎么安排，你必须听你干妈高兴的。"

正好高兴约柴小战和任盈菲吃饭，她选了任盈菲喜欢的川菜馆子——邓记。

邓记的前身，是南堂川菜传人邓华东的邓记食园。因为当年邓华东在上海和房东闹纠纷，才一气之下远走江城。

之前江城传统的川菜馆，全都是当地人开的，无论菜品还是原料，全都不正宗。直到来了个邓师傅，才把原汁原味的官府川菜，带到了江城。邓记大获好评之后，才有了上海的南兴园，这是后话。

开水白菜，是川菜中的一道经典菜，厨师选用鸡、猪骨、火腿，小火熬制。菜名中"开水"的意思，就是清汤，虽然是用肉熬制，但是菜中不能看见一滴油，这与日本怀石料理中的清汤理念相通。熬出来的汤还需要用鸡胸茸和猪精肉茸分别进行"扫汤"，不仅是为了扫去油脂，更重要的是为了进一步增加鲜味。最后用汤来烫熟娃娃菜，但烫熟蔬菜的汤中会带有"青"味，所以这汤也不能用，要倒掉再换上新汤。这看似清汤寡水的一道开胃菜，实则耗时耗材。师傅要几个小时才能熬出来这碗鲜香浑厚的"开水"。

高兴定了一个四人的包间，精美的餐具和水晶杯都摆放整齐，这次的酒水已经不需要柴小战出马了，姚秋秋早就准备好了。当姚秋秋看到柴小战跟着任盈菲出现在自己面前时，虽然知道这两个人之间不会有什么可能性，但还是忍不住起了醋意。

姚秋秋知道会见到柴小战，因此特地穿了身白色的紧身裙，使得自己浑圆饱满的身材一览无余。喜欢细高跟的姚秋秋，今天穿了双 Jimmy Choo①的裸色高跟鞋，俏皮的小绑带系在脚踝，让人的目光忍不住聚焦在她纤细洁白的脚踝处。

姚秋秋特意拉过柴小战，背对着任盈菲，和他说了几句悄悄话，故意让任盈菲看在眼里。但殊不知任盈菲的注意力却全都在她的身材上，对于姚秋秋这种身材丰满的女孩，自己作为女人都羡慕得要死。

任盈菲打趣地鼓励柴小战："努力迎战，这么好的机会，你可不能不珍惜，现在钞票也有了，事业也有起色了，就差把前女友追回家了。"

柴小战不好意思搭任盈菲这茬儿，这前前女友、前女友都热情地找上门来，不管是图人还是图事，哪一个都不是省油的灯，就自己这点儿脑细胞可蹚不起这浑水，还是努力把李若楠交代的工作一一办好才是最应该做的。

高兴拿着两个盒子分别递给自己的干儿子和干女儿，每人一块劳力士铂金迪通拿，当作见面礼，并且让他们现场戴上，连链子都早已调整到两人的尺寸，甚是贴心。而盒子则让姚秋秋拿去，送到李若楠的豪宅。

劳力士是手表圈中最百搭的品牌，既可以搭配休闲风格，也可以适应正式场合，甚至还能搭配嘻哈风格。材质从钢到钢包金，到大金表，再到白金，最后才是最顶级的铂金款。劳力士专门给铂金

---

① 鞋履品牌。

表配备了特别的表盘颜色,俗称"蓝冰"。因为铂金在颜色和品质上虽然和钢表有巨大的区别,但并不是所有人都见过铂金表,一般只有资深表友才知道,蓝冰的主人,既有钱,又有品,还低调,大多非富即贵。

柴小战汇报了抵押股票的事情,高兴也很支持。毕竟杠杆是金融的普遍属性,利用好杠杆,才能让自己变得更强大。听到李若楠的要求,高兴也很赞同,毕竟大家都是老狐狸,总不能让自己家的好苗子被外面的人骗了。

高兴迅速地给柴小战梳理了下目前他的需求,共 8000 万现金,住房的需求要优先满足。"现在江城的房地产进入低谷期,大量豪宅都在进行抛售,原本过亿的房产,现在只要 5000 万。如果你要通过银行借贷,那么都不需要找别的银行,河西银行可以帮你做贷款,借 70%,首付只需 1500 万。我连豪宅楼盘都给你选好了,半山大平层,300 平方米实用面积,足够你小子折腾的。"

"目前股票虽然还在跌,但依我个人判断,房地产业会迅速腾飞,即便你已经有山城山水价值 1.6 亿的股票了,但是一旦未来资产装进来,那么你的资产就会被摊薄。不过 1.6 亿对于你这个年纪来说,已经是很重的资产配置了,我建议你拿些钱买点儿我的基金,我让基金经理帮你配置,就凑个整数 5000 万吧。"

"剩下 1500 万,够你小子喝酒的吗?"

"够了,太够了。"

高兴着实太高估柴小战的消费能力了,虽然柴父当年在江城也算风光过一时，但他们一大家子算上祖宗三代，也没花过这么多钱。

"男人有钱就会变坏，你要是变坏了，我们家菲菲可不会搭理你。"

任盈菲对着柴小战使了个眼色，那意思是："这事儿早就说清楚了，你自己心里有点谱。"

"若楠姐一早就教育过我了，大丈夫只患功名不立，何患无妻？"

高兴听完朗声大笑，说："哪有这么教育年轻人的！你可别听她的，青春只有一次。爱情是让人更懂世界的过程，学会爱人、学会被人爱、学会遇到爱的人都是你们人生中，比金钱、事业更重要的旅程。"

任盈菲听完她的话陷入了沉思，道理都是这个道理，美好爱情谁不憧憬？但现下这个大环境，哪能这么容易找到合适的人。自己的前男友，还有周围那些"富二代"们，有一个算一个，除了蹦迪、滑雪、炫富、买车、睡明星、搞砸父母的公司、得罪父母的朋友，偶尔还会搞点儿负面新闻出来，他们还能干点儿啥？自己已经不奢望遇到什么完美爱人了，只求老天爷别给她烂桃花就行了。

想来柴小战倒是自己遇到的男生里难得的异类，正直善良又努力，不过多少有点儿脑子不正常，总想着当老好人，过于迂腐。和这种男孩谈恋爱，估计女朋友不是被气死，就是被憋死。

高兴继续给柴小战做财富管理规划："既然用了'杠杆'，也需要足够的现金来保证'杠杆'不会出问题。你给家人安排500万，剩下1000万用来偿付贷款、日常生活足够了，如果账上资金不足

200万，那你一定要警惕，先赎回一些私募保证足够的现金流。"

高兴年纪也不小了，自然不可能像李若楠那种房地产老板的喝法。所以三个人喝了一瓶酒左右，她就要回家了。

送走"干妈"高兴，姚秋秋便开始对着柴小战暗送秋波，想约柴小战去第二场。但方珍珍和她老板吴天，还等着柴小战开户续命，柴小战正好借此拒绝她。

刚打发走姚秋秋，任盈菲大小姐又闹着再续摊，柴小战没办法，只好说出实情。其实他抵押股份，开私人银行户口，都是为了帮前女友的现男友救急。

任盈菲一听顿时乐了，她就说柴小战脑子不正常吧，这种"救世主"桥段，估计也只能发生在他的身上了。不过提到柴小战的前女友，任盈菲心中的八卦之火立刻就熊熊燃起了，这女孩到底是何方神圣，绿了柴小战还能带现男友来求助？

任盈菲央求着柴小战要和他一起去看看，看着她兴致勃勃的样子，柴小战不禁感叹，女人啊，难搞！

第十七章 「以德报怨」

方珍珍约了柴小战饭后在香格里拉大堂会面，一起谈谈私人银行服务的事情。

香格里拉是全世界最出名的连锁酒店之一，但它不像其他酒店集团一样对旗下的物业进行分级。以凯悦集团为例，给一般游客入住的是普通五星级 Hyatt Regency。进阶版酒店是给商业精英和高端游客准备的 Grand Hyatt，里面有更大气的大堂、更精美的餐饮。当然，这还没有到顶，顶级版酒店是给各地富豪、皇室成员准备的 Park Hyatt，只在顶级城市的顶级物业才会开设。[①]

然而香格里拉就完全不对旗下的物业进行分级，客人只能靠酒店爱好者口碑和酒店报价来区分酒店到底是什么级别。普通的香

[①] Hyatt Regency，Grand Hyatt，Park Hyatt 分别是凯悦酒店、君悦酒店、柏悦酒店。

格里拉对标游客；一线城市新装修的香格里拉对标商务旅客和高端游客；巴黎、东京以及江城的香格里拉非常特别，不仅在当地建立了良好的口碑，而且即便是放眼全球，也算得上是酒店业内顶级的存在。

江城香格里拉是嘉里集团郭老板最爱的酒店，所以他对这家酒店提出了最高的要求，这也造就了江城香格里拉顶级的餐饮配套。

顶楼的是米其林西餐厅，餐厅借用了波尔多顶级酒庄——柏翠的名字。楼下的夏宫，是江城最好的中餐厅之一，需要预约才有可能吃上，包间低消费8000元起。曾几何时，就连大堂后面的龙虾酒吧在亚洲Top 50酒吧排行榜中，也曾制霸江湖。

如今的柴小战已经不是以前的穷草根了，作为上市公司办公室主任，他不仅管理着所有司机，李若楠还专门给柴小战安排了司机，方便他去应酬。毕竟他代表着山城山水的脸面，代表着李若楠的脸面。

白色的阿尔法开到大堂，司机缓缓地将电动车门打开，先下来的是一位瘦高的西装男孩。虽然他看上去稚气未脱，但Il Negozio的西服穿在身上，不经意间一缕霸气外露，显得十分干练。在他身后跟着的是一位妙龄女子，虽然穿着素雅的职业套装，但洋娃娃一样的珍珠脸庞，缓慢的脚步，宛若天仙。两人一起走进大堂。

吴天和方珍珍二人没敢坐在沙发上等，而是站在大堂门口候着，生怕怠慢了。当二人看到柴小战不是一个人来，还带了个小仙女，有些惊讶。

"这女孩是谁？"方珍珍眼里充满了醋意，这才几个月，难不成柴小战这小子刚赚点儿钱就开始学那些有钱人包养女明星了？

吴天倒是机灵，先双手握住柴小战的手寒暄，然后频频望向任盈菲示好。

"吴总您好，我叫任盈菲，山城山水李若楠董事长的助理。"

吴天喜出望外，李若楠的左膀右臂全都来了，这是要给自己送"大礼"啊。

他看这两人手上都戴着劳力士同款的情侣迪通拿，再仔细一看，不愧是柴主任，手上居然是传说中的"蓝冰"。吴天也不是没钱的人，银行年薪一百多万也够他日常开销了。但是有一说一，劳力士的"蓝冰"实在是太贵了，而且他在银行上班，皮表带相对来说显得比较稳重。他有一块劳力士金表，也只是偶尔出去蹦迪才会戴。

以他的眼光看，这女孩子绝对不是助理这么简单，能和柴小战公开地戴情侣表，再看那漂亮又娇气的神态，就算两人一直保持着一定距离，但他越看他们越像是情侣。

两男两女一行人走入酒吧，刚开始只是闲聊家常。方珍珍频频打量任盈菲，任盈菲偶尔接过话题说两句，也兴致勃勃地看着方珍珍。她本来也不是来聊事的，只是来满足自己的八卦好奇心而已。

吴天频频向柴小战示好，甚至连任盈菲也不放过，这倒不是男女的爱慕之情，因为他现在已经顾不上色心了，能保住饭碗他就已经知足了。吴天心里打着小算盘，想借着柴小战和任盈菲，搭上李若楠的这艘大船。但有钱人的世界，哪是说进就能进的。

吴天一直夸两人般配，任盈菲听了只想翻白眼儿，但是碍于身份，又不能表露，只好说道："柴主任是我的直系领导，作为下属，不敢有非分之想。"

任盈菲表面上是当着外人面夸柴小战，实际上是在提醒柴小战，不要有"非分之想"。

其间吴天一直在找各种话题尬聊，但柴小战始终闭口不提开户的事情。李若楠和高兴允许他抵押股份，但是他凭什么找河西银行开设私人银行服务呢？

他们两个男人，不仅没有同袍之情，还有夺人之恨。柴小战可以不计前嫌地把吴天当作一个选择，但并没有情分把吴天当作优先选择。他也没太和吴天啰唆，只是让吴天准备好文件，自己对比几家私行之后，再回复他。

吴天喝得飞快，面红耳赤，开始了生意场上那一系列客套的演说。柴小战实在是听不下去，找个理由告辞了。方珍珍则陪着吴天继续喝，毕竟，这个男人需要酒精。

柴小战上了车，任盈菲便开始嘲讽："方珍珍还挺温婉的嘛，一看就是会引起男人保护欲的那种绿茶。"

"……"

"你俩当年怎么在一起的？"

"她追了我很久，我分手之后想找个对自己好的人，于是就选择她了。"

"那你爱她吗？"

柴小战回想着,到底当年为什么接受方珍珍,是因为漂亮吗?她倒是很可爱,但谈不上漂亮。当时分手之后,他确实是萎靡了一阵子,跟方珍珍在一起让他感到很轻松,也少了很多烦心事,无论是生理上还是心理上都有了很好的依托,那种感觉,怎么说呢……就是觉得安稳、妥帖。

"更多的是依恋和责任吧,或者说是,抱团取暖更为合适。"

"那你和姚秋秋呢?她是你的初恋吧?"

"问这么清楚干嘛?难不成你对我有意思?"

柴小战并非有意调侃,只是受够了任盈菲连珠炮似的询问,想赶紧找个话题把这点儿事绕过去。

"狗屁!我就是听听,你到底是什么运气,能吸引这么多绿茶。我看姚秋秋对你含情脉脉的,如果她投怀送抱了,你就真不想试试吗?"

"那你想试试我吗?我比你年纪小,长得帅,活儿好,不黏人,用完就扔,我还对你感恩戴德。"

柴小战已经顾不得会不会惹这个大小姐不高兴了,只一心想快点儿把天聊死。

谁知任盈菲居然没有生气,还乐呵呵地接茬:"等80岁咱俩都单着,就在一起。"

"你会不会太心急了一点儿?不如再等等?"

两人你一句我一句地逗上了嘴。任盈菲发现,柴小战虽然在工作中有着超越年龄的成熟和敏锐的洞察力,严肃又认真,但是私底下当同事、做朋友，谈吐之间还是个小孩，还是很有趣的小孩，嗯，有意思的笨小孩。

白天，柴小战全方位围绕李若楠转，所以吴天再急，也不敢轻易打扰柴小战，毕竟自己还指望通过柴小战认识李若楠呢。

柴小战根本不需要自己做事情，只是发了几条短信给投行的几个同学，相关的资料就雪花似的飘来了，毕竟像柴小战这样优质的客户，谁不想要呢？

柴小战一家一家地见，比诚意，他们确实都不如吴天，毕竟吴天是坐在火山口上的人，其他大投行虽然能提供非常复杂的杠杆和债券，但是柴小战并不需要。他只需要抵押股份拿到现金，去买楼，买基金，给爷爷奶奶打零花钱。

吴天开出来的条款非常诱人，虽然其他家投行给的抵押比率都是50%，但是利息只有年化1.2%。能开出这样的条件是吴天苦求部门一把手给的特批，他还保证能把李若楠拉过来，一把手才同意。

柴小战并不是故意拖延，而是办公室主任的工作太烦琐，他经常晚饭后陪完李若楠还要回公司加班，这时才是属于柴小战自己的时间。任盈菲也是很努力地在工作，但柴小战只让她做了和李若楠密切相关的事，很多破事杂事，他都自己默默地扛下。

上市公司的工作忙完一个段落，李若楠要回去处理项目的跟进。柴小战终于能喘口气，稍微做做日常工作，任盈菲作为李若楠的助理，也留了下来。

李若楠弄了境内境外两套班子，她更希望女儿在江城锻炼，既背靠祖国，也能伸出手感受西方的"世界"。

江城是很多商界二代的落脚点，这里离父母不近不远，离"世界"也不近不远，是刚刚好适合他们锻炼的位置。

随着柴小战的拖拖拉拉，股市开始渐渐回暖，山城山水的股价，虽然没任何新闻，但却默默地涨到了30亿。大家都知道，马上要来的4万亿，会刺激楼价快速攀升。

原本做好的估值，又要重新计算，但吴天没有嫌麻烦，他亲自动手做了整套计划，30亿的估值，8%的股份，抵押出来1.2亿现金，比之前的8000万，足足多了4000万。

吴天滔滔不绝地推销着高额保险，可柴小战光棍一枚，要保险有什么用，只是"嗯嗯哦哦"，不接话题。吴天也只好不再硬性推销，俗话说得好——"心急吃不了热豆腐"。

自从柴小战有钱的消息传出，各色同学都找上了门，最多的就是卖保险的。现在居民收入节节升高，境外理财的需求也越来越多，保险业呈现出前所未有的蓬勃景象。无数年轻人，无论是行业精英，还是八年苦读的高学历博士，都纷纷加入各大保险公司的团队，积极向国内的亲人和周围的朋友们推销起保险来。

第十八章 清水湾俱乐部

柴小战一早起床的时候,司机已经在门外候着。谁能想到,穷人区的合租房里,住着一个身价过亿的男孩。他今天终于有空去看房子了,希望能尽早搬进离公司更近的地方,方便他上下班。

柴小战和司机沿路上山,先接上任盈菲这个小"累赘",再去中半山的豪宅。高兴指定了楼盘名字——"嘉慧园"。

1971年的楼盘,38年楼龄,但是现在看上去仍然非常清净。

港岛山上,90%的豪宅是超过30年楼龄的老房子,江城富豪普遍对房龄都能接受,毕竟老房子占据了绝佳的地理位置,只要能保持翻新和保养的质量,老豪宅始终历久弥新。

嘉慧园是江城传统豪宅,只有300平方米以上的单位。一共十栋,每一个单位配两个车位。

这个小区的业主也很豪横,其中有两栋楼,是同一业主,他一次性花了十亿买下来，只租不卖，所以剩下能买的单位选择不多。

巨大的客厅中，放着朴实无华的明代绘画屏风，几组意大利宽大矮身的沙发放在正中，专门的饭厅连接厨房。风景如画的露台，偶尔还有几只黄色的鹦鹉落在露台的栏杆上，偷吃自家盆栽里的果子。

300平方米，足够大了，高兴说5000万只能买普通单位。但柴小战看上的这套顶层的特色单位，楼层更高，景色更好，全江城的景观尽在脚下，且只需要6000万。

地产代理是柴小战的大学同学，毕业后进入地产行，他们分行的领导亲自陪同柴小战看楼。在江城买豪宅，买家通常不需要付佣金，因为行业竞争激烈，大家只能靠免买家佣金的方式招缆生意。但代理还是有丰厚的利润——这些利润则来自卖家。

像柴小战今天看中的这套顶层350平方米的大平层，卖家报价6000万，代理会拿到1%的佣金，也就是60万，这已经够柴小战的同学和他老板分的了。

柴小战签了合同，给了定金支票，剩下的银行那边交给吴天去处理。卖家也是好奇，这小孩子哪来的这么多钱，还这么痛快，看了一次就拍板买房子。唉，现在江城说普通话的小孩真是惹不起。

柴小战拿到手的1.2亿现金，除了给高兴的私募基金5000万，买房子花了1800万，给爷爷奶奶安排了1000万的零花钱之外，兜里还剩下4200万现金。他，柴小战，一个无依无靠的穷小子，从今天起，白手兴家，草根逆袭。

看完房子，司机载着英俊的男孩和漂亮的女孩，沿着海边的山路向东开，目的地——清水湾乡村俱乐部。李若楠安排了他俩把会籍拿下，然后再看看游艇。

在江城买游艇，首先要解决停泊位的问题。西面有信合的黄金海岸，但已经没有船位了，毕竟港岛的游艇俱乐部，人声鼎沸，摩肩接踵，船位早就销售一空了。最后，柴小战他们只能到风景秀丽、品位高雅的清水湾乡村俱乐部试试运气了。

清水湾是集乡村俱乐部、游艇俱乐部、高尔夫球俱乐部三个俱乐部于一体的巨大产业。整个清水湾的东南角，被会所全部承包了下来。会籍分开卖，其中乡村俱乐部的会籍最便宜，提供网球场、羽毛球场、巨大的深水泳池、顶级的中餐厅以及风景秀丽的多国菜系餐厅，每到周末，这里经常人多到车位都不够用。

游艇俱乐部的会籍再贵一点儿，基本上只有大佬们才会买会籍。因为虽然会籍不贵，但是游艇是实打实的花钱，更何况游艇停泊位，只卖不租，算下来并不比一套豪宅便宜多少。

买一艘游艇，不仅要有海员团队，还需要维修保养团队。如果用外包的团队，虽然按次数算钱，但是既不稳定，效率也不高。李若楠想要的百尺大型游艇，必须要由专业团队管理才可以。中介预估了每年的开支，是新船购买价的 10%。

也就是说你花 1 亿买的船，每年光维护保养的费用就是 1000 万。所以不但要舍得买船，还要舍得养船，不少富豪赚了一票，买了游艇，但抠抠搜搜不肯花钱保养，导致船没几年就废掉了。

恰逢现在正遇到金融海啸，虽然各国已经有了维稳方案，但是金融哪是一天两天能缓得过来的。大量优质二手游艇，甚至是全新游艇，都以极低的价格出售，用来填补这些老板欠下的巨大窟窿。

就像奢侈品，买的时候巨贵无比，卖的时候，才回归它真实的价格。

柴小战先买会籍，按照正常的程序是需要排队等安排，至少三年起。高尔夫球会籍最难排，至少要十年才能等到一个购买会籍的机会，一般600万起。

但是任何会所都有中介，中介可以用公司转让的方式，转让会籍。比如我拥有的A公司，持有了三个会所的会籍，可以有一名董事使用会所设施，那么柴小战只需要把A公司买下来，用1000万把董事更名为自己，这样他就拥有了会所的使用权。

李若楠不会打高尔夫球，任盈菲仙女体质，不能晒太阳，不喜欢运动，平时在健身房做拉伸、瑜伽比较多，出门做足了物理防晒，不让皮肤有一丝变黑的可能。柴小战更不用说，高尔夫这么"高贵"的运动，他哪学过，大学唯一拿A的课程，只有足球。虽然没人会打，但是清水湾高尔夫球会所的会籍，必须要拥有。因为江城只有两个十八洞高尔夫球场，一个在农村，另一个就在豪宅聚集的清水湾畔，只要不差钱，必须拿下。

顺着乡村俱乐部往山下开，开阔的中国南海出现在眼前。

游艇会的码头，停了大大小小几十艘船。这次见面的船主，一看就是经常出海的样子，他皮肤晒得黝黑，戴着墨镜，穿着沙滩裤配短袖花衬衫，一双 LV 的沙滩鞋，戴着一块江诗丹顿的纵横四海，一看就是名玩家。

船主买回来圣劳伦佐最顶级的 SL106，长 33 米的巨型玩具，光装修费就花了 2000 万。在金融海啸的席卷之下，船主因为购买了大量的蓄能器，深陷财务危机，江城的债仔可不是善主，他想不卖都不行。

陪柴小战和任盈菲来看船的，是高兴介绍的专业团队。从船的筛选，到设备的检验、维修报告的审查，专业团队做专业团队的事情，而柴小战则拿着相机给船的每个细节拍照，整理好后发给李若楠。任盈菲故意捣乱，柴小战拍到哪儿，她都要站过去摆造型，让柴小战给她拍照。

船主看到两个小年轻买艘船都能这么轻松地打情骂俏，料定背后买家一定是大佬，所以也热情地陪这两位小主聊天。

船主父母去世得早，留下来 10 亿现金和几套房产。船主无心世俗，也不爱世间喧嚣，独爱在这艘豪华游艇上度日。他不敢买股票，怕股票有升跌，只想守住爹妈给的 10 亿遗产，谁知道在投行这些吸血鬼的忽悠下，他还是买了很多复杂杠杆的产品，说是有保底，但是在金融海啸的席卷下，哪有底，只有巨大亏空。

柴小战和任盈菲听得都有些于心不忍。

专业团队的报告出来了，圣劳伦佐的品牌，作为世界第一线的游艇，SL106 已经足够大了，要不是连停泊位一起卖，江城真的很难找到合适的地方停放。

不是每家银行都愿意做游艇的按揭，因为买游艇的风险还是能看到的。私人飞机和游艇都是一种生活态度，但这种生活态度需要有足够的身家才能维系。可对于千亿身家的李若楠来说，游艇只是维系自己生意的工具而已，并非用来享乐。

"一会儿陪我去机场接个人。"任盈菲毫不客气，把柴小战当自己的办公室主任用，"我大学同学，大美女，搬来江城工作。"

"还能比你漂亮？"

"呦呦呦，柴主任，可以啊，这就突然拍上马屁了，怎么着？有想法？"

"你这是打算给我介绍女朋友吗？"

"她比我还大半岁呢，你吃得消吗？"

"这叫什么话？女大三抱金砖，你们才比我大一届，都算是妹妹。"

"人家未必看得上你，她从小考试没拿过第二，全球物理竞赛第一名拿到手软，普林斯顿全奖，毕业典礼学生代表，还没毕业就进了投行做 Arbitrage 交易员。"

"啥叫 Arbitrage？请说普通话。"

"Arbitrage 就是无风险套利，说白了都是地球上顶尖的人，'薅'金融业的羊毛。"

柴小战听了，吐了吐舌头，这他可惹不起，听上去比任盈菲这个"傻白甜"可厉害多了。

第十九章 中国会

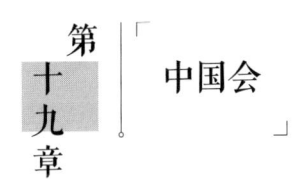

江城国际机场,候机厅。

任盈菲抻着脖子张望着,柴小战在半个身位后站着,活脱脱的一个保镖。

从出口走出一个鹅蛋脸的女孩,一双灵动的眼睛,闪着光芒,翘翘的鼻尖,笑起来迷人又暖心,热情地向任盈菲挥着手。

这女孩和任盈菲差不多高,但不像任盈菲般柔弱无骨,而是有着健康的小麦肤色。她穿了一身运动服,走起路来一跳一跳的,举手投足间活力四射。

两个女孩热情地拥抱在一起,一个冰清玉洁,一个骄阳似火,倒是赏心悦目。柴小战默默欣赏着,推着车,跟在两个女孩身后。两个人叽叽喳喳地说了一路,进了电梯,任盈菲才想起来,还有个小跟班没介绍。

"来，楚晓涵，这就是我和你提起过的柴小战，你俩都是'小'字辈的，多亲近亲近。"

"哎呀呀，这就是每天电话里跟我提起的'柴哥、柴哥'啊，真是百闻不如一见。"

任盈菲突然脸一红，说道："喂，你倒是说句话啊！"

柴小战突然被点名，只好红着脸，讷讷地说："Hello，你好，我是菲菲妈妈的弟弟，菲菲干妈的干儿子。虽然我比她小，但我是她哥。"

楚晓涵被这一连串的绕口令似的介绍逗笑了："行啦，这些历史，我都听菲菲说过很多遍了，包括你的前前女友跟了你的前老板，你前女友把你绿了又找你帮她的现男友的事迹。"

柴小战脸更红了，任盈菲真是大嘴巴，什么烂事儿都和人家说。

任盈菲赶紧站出来解围："这可是我最好的姐妹，我们俩无话不说，大不了我也给你说个她的秘密。她到现在还是处女的事儿，我现在跟你说了，这样就算扯平了。"

任盈菲说完，楚晓涵的脸也"唰"地红了，追着任盈菲边打边乐，柴小战在边上看得是目瞪口呆。

女生没正形起来，真的就没男生什么事儿了。

他们先回李若楠的豪宅放东西，楚晓涵还没租到房子，暂借住在任盈菲家。

今晚由柴小战安排接风洗尘，两个女孩都换了身正式点的衣服。任盈菲穿了条黑色露肩连衣裙，配上雪白的肌肤，不仅显得楚楚动人，还有那么几分冷艳，像极了那种表面人畜无害，实则心狠手辣的女杀手。

柴小战很少会注意任盈菲的身材，今天偶然跟在任盈菲身后，才发现她身材比例其实很好，并没有想象中的那么瘦弱，或是因为常练瑜伽的关系，臀线很高，视觉上更增加了腿的长度。

楚晓涵没有任盈菲的清纯冷艳，而是另外一种风格，可爱中带着些许性感，黑色的超短裙，短到有些犯规，白色的短款长袖，同色系的超薄紧身毛衣，勾勒出美好的轮廓，紧致且健康的大长腿一览无余，即便是穿着高跟鞋，走路依然是一跳一跳的，让人不禁想起可乐味的QQ糖。

柴小战趁这两位"仙子"沐浴更衣的时候，在车里草草地换了一身西服。没办法，今晚去的地方叫中国会，是全江城衣着要求最严格的几个地方之一。男生必须正装出席，全套西服、衬衫和皮鞋，除了领带不强求，其他都要穿戴整齐。

中国会，邓爵士于1991年创立。邓爵士的太爷爷是富豪爵士，出生于清同治十一年，江城著名的大慈善家。这家人的创业传奇完全被慈善所掩盖，属于真正推动社会进步的精英阶层。

中国会占用了旧中银大厦的最顶两层，以其中陈列的艺术品著称。进门首先映入眼帘的是一幅歪七扭八的"寿"字，大方印上写着"慈禧皇太后之宝"。中国现代一线作家曾梵志的画作，也毫无保护地展出在了餐厅里，可以供客人近距离地观看。整个会所装修风格还原了二十世纪三十年代的旧上海，大厅还能看到穿旗袍的窈窕

第十九章　中国会

淑女哼唱着旧上海的歌曲。

柴小战带着两个下凡的"小仙子",坐在了安静的偏厅。"这里的菜式走的是情怀路线,融合了各地避难富豪的家乡菜,是上海菜、宁波菜、潮州菜和顺德菜混杂而成的老江城味道。说好听了,是对旧时光的怀念,说难听点儿,就是困难时期的家宴。"

柴小战点了一些老菜:辣泡笋头、虾多士、瑞士汁鸡翼、焗蟹壳、陈皮蒸牛肉饼等。任盈菲和楚晓涵在美国留学多年,只要能吃上中餐已经很满足了,至于什么菜系,已经没那么讲究。

"柴哥,你不会还想着和前女友复合吧,要不你考虑考虑我?"

柴小战差点一口酒喷出来,这女孩看着乖巧可爱,活力四射,怎么聊天第一句就直奔主题?

楚晓涵早就听说了柴小战的好多趣闻,知道他不仅执拗还有那么点儿单纯,跟身边的那帮纨绔子弟都不一样,于是想要逗逗他。

"我想先把工作做好,感情的事还没想法。"

楚晓涵没想到柴小战还真的一本正经地回答了,憋住笑意,继续调侃:"遮遮掩掩,必然有问题。"

柴小战接不下去这话茬,尴尬得不停喝酒。

"问你话呢,你怎么不正面回答?你觉得我怎么样?咱俩合适吗?"楚晓涵继续追问。任盈菲偷偷在桌子底下踹了楚晓涵一脚,楚晓涵只甩给任盈菲一个坏笑,并没有收敛的意思。

"就……挺好的。毕竟我跟你也刚认识,但是我觉得你挺好的。"柴小战就像个闷油瓶子,问他什么都简洁并且一本正经地敷衍过去。

任盈菲已经觉察到柴小战的尴尬，楚晓涵要是再来个一招半式的，柴小战哪儿还能招架得住，便插话道："晓涵，你这也太直接了，回头真把我柴哥吓出个好歹来，我怎么跟他老板交代啊？"

楚晓涵顿时憋不住，笑得喘不上气来："菲菲，我之前听你说他古板，还以为是夸大其词，现在一看果然是名不虚传，他这也太腼腆了吧？怎么出来混啊？"

"别张口闭口的出来混好吗？搞得你自己好像很有经验一样，还不是纸上谈兵。"

楚晓涵当然知道任盈菲这话里话外是在指代些什么，一把搂过任盈菲："行，我没经验，我纸上谈兵，那你来个实践的？"说罢，她转过头问柴小战："柴哥，那你喜欢菲菲吗？"

柴小战差点又一口酒喷出来，这女生聊天真是毫无套路，东一榔头西一棒槌："菲菲，我哪配得上？第一天大家都约定好了，不信你问她。"

"嘿，楚晓涵，你要是看上了，你带走，别拉上我！我这好心介绍个小哥哥给你认识，你倒好，这没头没脑的。"

这饭吃得柴小战胆战心惊，都不能安心喝酒，只能处处搪塞，好不容易挨到吃完饭，送两位"天仙"回家。到了家门口，楚晓涵让任盈菲先进去，自己晚点儿回。

"我要和柴哥谈心，你别当电灯泡了，你先上去。"任盈菲一副秒懂的样子，贼兮兮地笑着进了电梯。

柴小战听到还没结束，出了一身冷汗。这妹子才第一天认识，就这么难搞，她要是真看上了自己，这不得赔上半条命啊！

"柴哥，江城有打劫的吗？"

"我还没遇到过，江城的治安还是挺好的。"

"那咱们沿着山路走一圈，聊聊天。"

柴小战遇到楚晓涵这种强势性格的女生，只能颤颤巍巍地小心服侍着。在底层混迹的时间长了，骨子里的脾气还没长起来，柴小战遇到这种厉害角色还不会掌握平衡尺度，只能任由着对方牵着鼻子走，遇到肖福庆是这样，遇到高兴是这样，遇到李若楠是这样，可人家都是大大小小的老板啊！谁知道遇到楚晓涵，他居然也这样。

"你不喜欢我吧？"

柴小战被猛然一问，一时间竟不知道说什么好。

"难道你喜欢我？"

柴小战紧张了起来，一本正经的劲儿又上来了："这个吧，我真觉得咱俩这性格，确实是不大合适。"

"就是嘛，柴哥，有话直说，喜欢就是喜欢，不喜欢就是不喜欢，人之常情，这有什么不好意思承认的？"

"是，我这个人有时候是比较含蓄，也不能说是含蓄，就是我不会表达。"

"我这么强势，心直口快，不是你们小孩子能驾驭得住的。"

"小孩子？我？"柴小战被一个只大自己一岁的姑娘称为小孩子，实在是有些哭笑不得，不过他也不得不承认，楚晓涵这一类的女孩子，他还真的是驾驭不住。

"你喜欢菲菲吧！"楚晓涵用了肯定句，而并非疑问句。

这个楚晓涵，真是语不惊人死不休。

"我说过了，菲菲是什么样的女孩啊，我哪儿配得上。"

"我问了你两次，你可都没有说不喜欢。这可就不是含蓄了哟，你明明就是在刻意回避这个问题，用麻醉的方式告诉自己，我配不上，不可能，也不可以，甚至想想都不可以。"

楚晓涵说完，柴小战愣了一下，选择了沉默。

"沉默，就是默认了。"

对于任盈菲，自己何尝不纠结。每每有人调侃他俩的关系，柴小战总是抢先出来解释，表面上是为了不想让任盈菲尴尬，实际上他是不想让任盈菲生气。

这么美丽的姑娘，天天围绕在自己的身边，说不动心，那肯定是假的。自己一个不善言辞的人，也只有在任盈菲面前偶尔才会嬉皮笑脸，将所有的心事都跟她吐露，这不是喜欢，是什么？

他这样小心翼翼地掩盖着、回避着、维护着自己对于任盈菲的喜欢，本想就一直放在心里，却被楚晓涵三言两语就戳破了。

但这份喜欢不能说，也不敢说，因为他怕失去。

"柴哥，那我再问你几个问题，假如让你选择一个你认识的人做伴侣，不管她乐不乐意，你选谁？"

"可是这个世界上没有假如。"

"那你就是心里已经有答案了呗？"

"我说不过你。"

"虽然我和菲菲已经很久没见面了，但几乎没事儿我俩就会通话，回到江城的这段时间，她过得很开心，谢谢你把她照顾得这么好。"

"可能因为离母亲近了，她比较有安全感一些。"

"她电话里头，最常提到的人就是你，要不然我也不会知道你那么多的故事。"

"都是些丢人的破事儿，让您受累听了这么多。"

"那你觉得她为啥有事没事地天天跟我聊起你？"

"可能就是觉得有趣，毕竟我办了这么多傻事儿……"

"我说你什么好呢？你是真傻，还是装傻啊？"

柴小战再次选择了沉默。

"菲菲其实也是个傻姑娘，要不然以前也不会被那个坏蛋欺负。她之前的事儿你多少也是了解的，她如果对你没有感觉，你怎么可能走进她的生活？话我就说这么多了，下个月菲菲生日，你自己看着办。追不追的先不说，给你干妈的干女儿、干姐姐的亲女儿好好准备个生日宴总可以吧？"

"你放心，我肯定办好。"

楚晓涵说的那番话，柴小战怎么可能不懂？第一次见面的时候，他确实是对任盈菲一见倾心，毕竟以任盈菲的姿色和条件，说是人见人爱都不算夸张，可自己算是老几？草根逆袭迎娶"白富美"的故事，小说里看看也就好了，现实中，还是认清自己能吃几碗饭，会活得久一点儿。

即便到现在,表面上身家已经过亿的柴小战,依然觉得自己配不上任盈菲。他木讷、怯懦、犹豫,而任盈菲美丽、大方、聪慧,她值得更好的男人。如果真的有一天,她的白马王子出现,牵着她的手进入婚姻的殿堂,自己一点儿也不会吃醋,只会祝福。她是一个好女孩,配得上更好的爱情。

柴小战陪着楚晓涵一路走回司徒拔道的豪宅,楚晓涵和他告别,说道:"我爷爷对我爸说,'遇到自己配不上的女孩,就娶回家,一定不会后悔'。"

柴小战是彻底地服气了,这个女孩的情商和口才太厉害了,每一个环节都把自己拿捏得死死的。柴小战很庆幸,自己喜欢的不是楚晓涵这样的高智商霸道女孩,不然这后半辈子就算是交待在这儿了。

回到家里,任盈菲早就卸妆沐浴换好了睡衣,将电视调到了TVB,准备看看口水剧然后睡觉,看到楚晓涵回来,她瞬时精神了。

"可以啊,聊这么久,聊什么了?"

"还能聊什么?情啊爱的,你又不懂。"楚晓涵说起来有些敷衍,但任盈菲没看出来。

"他对你有意思?"

"有,当然有。我这智商高,身材还好,前凸后翘的,哪个男人能拒绝?"楚晓涵边说,边用双手勒出胸前的轮廓。

"真的假的,以前倒没发现,他还是个'匈(胸)奴'。"任盈菲颇为失落地看看自己胸前,"我以为他只喜欢小荼婊呢,谁知道兼容性还挺高,连你这种霸道女总裁他也敢挑战。"

"什么兼容不兼容的?这是我魅力大。天天喝绿茶不腻吗?偶尔换换口味,喝点威士忌,感受下我的热情,多刺激?"

"那你们这是准备要有所发展了?"

"发展发展呗?"楚晓涵悄悄打量任盈菲,果然任盈菲的脸上多了几分落寞……

"怎么?舍不得你的小战哥哥了?现在反悔还来得及,咱们好姐妹好说话。你要是开口,我就把他让给你!"

"说什么呢?我是舍不得你……"任盈菲怔怔地回答,"那你万一要是结婚,我是说万一,可要请我当伴娘!不行,老给人家当伴娘,我这回要当证婚人,你们要给我包个大红包。"

第二十章 美好的鸽血

自打听了楚晓涵的那一席话，柴小战如醍醐灌顶。但至于接下来要做什么、怎么做，他却毫无头绪。

自己一共就谈过两次恋爱，和姚秋秋的爱情，是青葱校园，情窦初开，也没有什么过程和仪式，模模糊糊间就建立了；和方珍珍在一起，是顺水推舟，是被动接受，是抱团取暖，毫无技术含量可言。

如今要对任盈菲展开追求，自是不能再像小孩子一样任意胡为，要展开精准"打击"，至于如何"打击"，他自然是要问集卧龙凤雏本领于一身的楚晓涵了。

任盈菲看着平时围着她转的柴小战，下了班就告退，说是有事要办。幸好她还有美国回来的闺蜜楚晓涵，一打听，结果楚晓涵也告假，说是有约了。

面对这个情况,任盈菲虽是个"傻白甜",但这点儿事还是看得出来的:"自打这两人认识,就把我撇开了,这速度真是够快的。"

任盈菲表面上乐呵呵,嘴角时刻挂着姨母般的微笑,但内心又忍不住有些落寞。平时天天围绕在自己身边的傻小子,现在有了姑娘,连人影儿都没了。犹豫许久,她只能没事找事地给柴小战发短信:"喂,我生日宴你给我订个地方。"

"想吃什么?"

"贵的。"

"……你买单,你说了算。"

"抠门儿!"

"预计多少人?"

"你来吗?"

"我肯定来啊!别忘了,我可是你亲妈的弟弟,侄女的生日宴,我包了。"

"那你女朋友来吗?"

"我就两个前女友,您想叫哪个?要不,一起来也行!"

"别装了,我说现在这个,你懂的。"

"你说你闺蜜啊,你不自己约啊?我和她可是纯洁的友情。"

"是不是呀?到现在还纯洁呢?你行不行呀?"

"心急吃不了热豆腐,我得从长计议……"

楚晓涵,你可要好好对待我柴哥。虽然他脑子迂腐了些,但是人品一流,办事也靠谱,姐妹对你太好了,这么好的宝藏男孩都没有私藏。

任盈菲好像都忘记了，第一次见面的时候她是怎么敲打柴小战的了。接下来的一段时间，柴小战依然是每天下班就跑，任盈菲只能苦笑，自己又不好打扰，只能默默读书看剧，消磨时间。

任盈菲哪儿想得到，这是楚晓涵给柴小战的建议："不要天天围着她转，哪怕是公事也不行，贴太紧了，会缺少想象力。你要给她空间、时间来想你。"

柴小战也并不轻松，为了安排生日宴，他费尽了心思。

任盈菲的生日刚好赶上周五，中环，人头攒动。那天柴小战以布置场地为由，下了班第一个跑了出去。任盈菲大小姐是今晚的主角，化妆师、发型师和造型师都在家里等着。

收拾妥当，李若楠的电话来了："宝贝，祝你生日快乐。"

"谢谢。妈，我在赶路呢，晚点儿说。"

"好，今晚和朋友们一起吗？"

"对，我们七个女的和柴哥一个男的，他有福气了。"

"妈给你准备了礼物，让小柴给你准备好了。"

"谢谢妈。"

任盈菲对李若楠准备的礼物毫无兴趣。自打她记事起，每年的生日礼物，都是一本书，一本正经的书。李若楠会挑过去一年最有感悟的书，从早年的《黄帝内经》到《三体》，涉猎颇广。这么大的老板，送给女儿的礼物，也不问女儿喜好，年年坚持下来，也是奇谈。

柴小战一早守在历山大厦的门口,当任盈菲下车后,他便递上一捧巨大的花束。

没有女生能抗拒收到鲜花的喜悦,就算是转瞬即逝的美好又怎样?开到荼蘼在最艳丽的时候盛大地谢幕才是鲜花的使命。

柴小战一身IlNegozio的西装,打上了领带,顺势拉过任盈菲的手,上了扶手电梯。

对于他拉手这个举动,任盈菲稍微有点诧异,但转念一想,柴小战应该是怕自己穿高跟鞋站不稳,况且这么大把的鲜花确实也挡视线。

但她又一琢磨,柴小战现在跟楚晓涵打得火热,自己和他这么手牵着手,一会儿被自己的好闺蜜看到,恐怕要引起误会,她想要挣脱,却挣脱未果。

柴小战却将任盈菲的手越握越紧。任盈菲惊讶地看向他,柴小战目光坚毅,一路径直地拉着她走进餐厅。

任盈菲要求最贵的餐厅,只是调侃打趣,谁想到柴小战真的挨家逐户地试,一顿饭到底能吃到多贵。

考虑到今晚是女生们的聚会,老式中餐虽然能吃到很贵,但并不合时宜,城中最贵的西餐,只能选 8 1/2 Ottoe Mezzo Bombana。

之前全世界做意大利菜的米其林三星餐厅,全部都在意大利本土,直到 8 1/2 Ottoe Mezzo Bombana 的出现,才有了唯一非本土的三星意大利餐厅。之所以说它是城中最贵的,是因为它家有白松露。

传统法餐会用黑松露,直到战后重建,世人才知道,原来还有白松露。白松露产自意大利北部的阿尔巴。以前的物流不发达，鲜货很难运出来，现在随着铁路和公路运输的大力发展、制冷技术的研发，阿尔巴地区的白松露，不再是山沟里的鲜货，而是世界上最贵的食材。

餐厅的白松露更上一层楼，不仅选用阿尔巴的白松露，还选了带"血"的白松露来江城，供中国的富豪们享用。

当白松露靠近树根，就会被树根的颜色染红一块，像是鲜血的颜色，魅力十足。因为它更加稀有，价格自然是更上一层楼。

想烧钱，要最贵，只能选择餐厅。

走进餐厅，任盈菲才发现，不只她手上抱着一束花，他们沿途走过的地方，都布置了鲜花。鲜红的玫瑰花瓣撒满了地毯，就餐的客人纷纷注目，以为今晚有小型的婚礼，柴小战牵着任盈菲的手，徐徐走进包房，沿途竟然自发地响起了掌声和喝彩声，为这对新人祝福。

任盈菲脸红得发烫，心跳也像是漏了半拍，整个人不禁有些发飘，分不清是梦境还是现实。

包房里还是鲜花，桌上是花，角落是花，而她自己仿佛化身花仙子一般，回到满是鲜花的森林。就连香槟，柴小战都细心地选用了巴黎之花的1996系列。

参加生日宴的都是女孩子，主角一到，就开始叽叽喳喳地说个不停。趁前菜还没上，大家让任盈菲先拆礼物。

这一桌的七个女孩，除了楚晓涵是一早读书时的闺蜜，其他都是李若楠或高兴介绍的小朋友。大家年纪相仿，家境相似，很快就熟稔起来了。

女孩子从小就喜欢收礼物,从洋娃娃到城堡,每拆开一个礼物,就收获一份不同的喜悦。而女人是最了解女人的,任盈菲拆开大家送的巨大盒子,里面都是些女生喜爱的心水之物,新款的包包、限量版的香水套装、定制版的护肤品套装……任盈菲心情大好。

当拆到一份最小的礼盒,任盈菲本没抱什么希望,虽然是个中型尺寸的正方形礼盒,可放围巾都嫌小,只怕是个手绢。谁知道打开盒子,任盈菲倒吸了一口凉气:"这是谁送的?"

别说任盈菲倒吸了一口凉气,其他女生看了,也都"哇"地惊叹出来。

盒子里是一条红宝石镶钻的项链,搭配着红宝石镶钻的耳环吊坠,还有一条三粒红宝石和五粒钻石组成的手链,贵气逼人。像糖果一样的红宝石,散发出晶莹剔透的光泽。女人可以看不懂男人,但是不可能看不懂珠宝。所谓"珠光宝气",但凡能让女人一眼看见,眼神再也移不开的珠宝,一定是好珠宝。

"这是……我送的。"柴小战红着脸,在角落里,发出低沉的声音,继而又有些慌乱起来,"怎么?你不喜欢?是样式不好看吗?"

任盈菲没有回答,但是脸更红了。女孩子们的起哄声,此起彼伏。

柴小战每天下班之后,是真的很忙,忙着选礼物。"楚老师,给菲菲准备什么礼物好?"自从有了军师,柴小战连称呼都变了,直呼楚晓涵为"楚老师"。

"送珠宝呀，这还用问。哪个女人能抵挡珠宝的诱惑？从三岁到一百岁，女人天生就对珠宝有独特的共鸣。"

"珠宝不太好吧？菲菲家境这么好，从小又都是养尊处优的，应该不差这些。"

"有钱就不喜欢珠宝了？你想想全世界有钱的女人，哪个不是经常买珠宝？女人是坐在宝藏上的'恶龙'，山洞里的宝藏越多越好。"

"好！楚老师说得有理！那我买个钻戒？"

楚晓涵翻了个白眼儿，心里骂了无数句脏话，果然"直男"选礼物就是大型灾难现场："人家还没答应你呢，送个屁钻戒。戒指都不要想，那是进一步关系的时候，才会送的。"

"那我……"

"别琢磨了，教你一招，你去 HW 店里，让他们选，女孩子的东西，我也不是太懂，我只是个理论派。我一会儿先去书店里买几本珠宝的书，你先和店员聊着。"

HW 是美国珠宝商，不像那些商业饰品商，他们热衷于做小珠宝，HW 店里，就没有低于 10 万的小件。

中年女店员热情地接待了这位年轻的西装小男生，阅人无数的女店员通过西服的材质、裁剪和气质，判断出，在这位客人的身上，值得投入时间。更何况，这男孩手上的蓝冰，彰显着身份。

"柴先生，正如我所介绍，HW 的品牌，有很多价位可以选择，不知道您预算是多少？"

"我没有预算，也不太懂珠宝。你能介绍下吗？不要钻石，不要戒指,皮肤白的女生适合佩戴什么?"

"那我明白了。皮肤白的女生,一定最适合红宝石。"说着,女店员打开了展示柜,拿出来一条红宝石的项链。

"柴先生,这是缅甸鸽血的红宝石,净重五克拉,非常完美,我相信您送这个给女朋友,她一定会很喜欢。"

"行,就这条吧。你帮我包起来。"店员并没有包起来的意思,只是笑笑,"因为我们店里的红宝石项链只有这一条,您确定要,我可以帮您申请个折扣,不过我要和我们经理汇报一下。"

"我差点忘了问,这条项链多少钱?"

"您真的很有眼光,现在缅甸的鸽血红宝石越来越少,五克拉这么完美的切工,几乎很难再见到。"店员解释得越多,柴小战越是害怕,一条项链,搞这么多事情。

"柴先生,这条项链 2300 万,我应该可以帮您申请到九折。"

"多少钱?"

"2300 万人民币。"

柴小战想到了珠宝不便宜,也想到了 HW 不便宜,但当他听到这个价格的时候,才明白,亿万富翁,在江城,算个屁。

他那套房子首付才 1800 万,这条项链居然要 2300 万,三观崩塌啊!

柴小战让店员写了珠宝的信息,走出店,坐在七人车上,给楚老师打了个求救电话。

"多少钱? 2300 万! HW 疯了吗?"

"所以到底买不买呀？我的钱还够。"

"买个头！你今年送了2300万的珠宝，明年送什么？以后的60年里，生日礼物怎么送？何况你还有情人节、七夕、"520"、圣诞节、周年纪念、跨年，这些节日你怎么送？"

"那怎么办？买个便宜的？"

"给你干妈打电话，她是知名女富豪，珠宝比她懂的人不多。"

"是呀，给女人花钱，谁能比全江城最有钱的女人更有发言权！"

柴小战把在HW店里的事情如实汇报给高兴。"傻孩子，你自己买拉菲会跑进半岛买吗？肯定是自己找巴黎的渠道商买。进了HW的门，就等于认同它数倍的溢价。"

"那我应该去哪儿买？"

"你去找美好集团。他们家的缅甸鸽血都是从矿区里直接出来的。老板高先生是城中富豪的珠宝设计师，全世界最大的粉钻、最大的心形钻，都是他镶嵌的。"

根据高兴的地址，穿过三道防盗门，柴小战才见到传说中的珠宝大师——美好集团老板，高老板。

高先生四十岁左右，一脸佛像，总是笑眯眯地和人聊天。"我听懂了，柴总想找一颗三到五克拉的缅甸鸽血红宝石来做项链。"

"您看大概预算是多少？"柴小战这次学乖了，先问了价格，免得自己又要找借口逃跑。

"您真的很会挑，缅甸鸽血这些年越来越少，三克拉已经不常见了，更不要说五克拉了。如果是三克拉的话，我想50万预算差不多。虽然五克拉的缅甸鸽血，我确实有，但是不能卖，因为那是给我未来的妻子准备的。"

柴小战一听 50 万预算，这绝对在可接受的范围内，忍不住想八卦下五克拉到底要多少钱。

"柴总，五克拉是真的很少见，我这颗买回来的时候花了 150 万，我想现在市场价大概要 200 万起步。"

"那为什么 HW 里的五克拉要 2300 万？"

"哈哈哈哈，柴总，我问问你，五星级酒店的可乐多少钱一罐？"柴小战瞬间明白了，一罐可乐，超市里 2 元钱，酒店要 88 元，还不算 15% 的服务费。任何产品，一旦赋予了它附加价值、品牌价值，一定会产生巨大的溢价。

"柴总，虽然五克拉的我不能卖给你，但是有五颗一克拉的缅甸鸽血，颜色、尺寸、切割，一模一样，甚是难得，可以做一对耳环，一条手链，和项链一起搭配，绝对让你女朋友开心。"

"还不是女朋友呢。"

"那她收到这份礼物，一定会成为你的女朋友。"

任盈菲哪知道柴小战为了这礼物兜兜转转，连缅甸鸽血红宝周围的配钻，都选了 D 色无瑕的完钻。

"完美的珠宝，才配得上完美的仙女。"

在众人起哄声中，任盈菲只好摘下自己的项链和耳环，换上柴小战送的这套。当项链拉起来的时候，她发现下面还藏着一本画册，任盈菲刚想掩饰，就被隔壁的闺蜜发现，尖叫着让她打开给大家看看。

此时，柴小战的脸就更红了，他以为礼物都是回家拆，谁承想，她们这帮姑娘现场就拆了。

虽然只是个首饰盒，但里面藏有夹层，一下子让热爱神秘、浪漫的女孩子们兴奋起来，图册被任盈菲取出，她真不敢翻开来看，鬼知道这憨货写了些什么，别是些狗屁不通的情诗才好。

在众人的"胁迫"下，任盈菲翻开了图册，里面是打印精美的照片。第一张是在李若楠的饭局，两人第一次见面，一个是来汇报壳信息的穷孩子，一个是隐藏身份的富家女，还有戴着眼镜的中年人——马总。四个人的合照里，任盈菲神采飞扬，柴小战眉飞色舞，都是酒后最真诚的一面。

第二张照片是在高兴的办公室，李若楠和高兴刚刚完成了各自的心愿，笑得很畅快，姚秋秋和任盈菲两人环肥燕瘦，各自在镜头前，展现职业女性的美丽。反观柴小战，一脸严肃，显得颇为拘束，格格不入。

想想第一次见这个傻男孩，自己还严肃地敲打了他一番，看到照片里从眉飞色舞到一本正经的柴小战，任盈菲暗暗觉得好笑，这傻子着实被自己吓到了。

第三张照片，在餐厅，相片里柴小战依然表情肃穆，任盈菲穿着仙女一样的礼服，带着一抹浅笑，倾城倾国。那次不曾留意姚秋秋的表情，竟然带着一丝沮丧。

第四张照片，在游艇上，任盈菲处处捣乱，不让柴小战专心拍照。一番追跑打闹后，被柴小战抓住，勾肩搭臂地拍了张合影，这是两人唯一的单独合影,男孩开朗地大笑,女孩也是眉开眼笑,不顾形象地露着牙龈,笑得仿佛扁桃体都能看得清清楚楚。

画册里就四张照片,右下角写着:"18岁生日快乐。"署名——"你柴哥"。

女生们没了调侃的笑声,安安静静地看完了四张照片,再看向任盈菲,她回想与柴小战这些日子的点点滴滴,这位画好妆容的仙女,早已泪眼婆娑。

柴小战则依旧红着脸,大口地喝着香槟,掩饰着尴尬。

只有楚晓涵一脸坏笑着,给任盈菲递纸巾。

楚晓涵一边递纸巾,一边哄着:"你看,我都说我俩之间'冰清玉洁',你还不信。"

"我呸!他是不是你教坏的?"

"这小子蠢是蠢了点儿,但还有救,我点了他几下。你放心,隔空点的,没碰到他身子。"任盈菲一下子气笑了。这妆是彻底花了,她只好拉着楚晓涵去洗手间补妆。

"所以是你一手策划的喽,楚老师?"

"我那个徒弟脑子确实笨了点儿,但是胜在肯用心,你让他选最贵的馆子,他就真的挨个儿试了一遍。我让他选珠宝,他就真的挨家去问。"

"我这一套贵不贵?"

"不贵,全套项链、手链、耳环都算上差不多100万。"

"他疯了,生日礼物花100万?"

"哼，100万算个屁，这傻小子还问我HW有2300万的项链要不要买？"

"傻是傻了点儿，但对你，是真好！"

"以后可不能让他管钱，一点儿花钱的概念都没有。"

"呦，都开始讨论婚后家庭生活了呀！"

任盈菲扑哧一笑，眼线又画歪了。

这顿饭，六个"柠檬精"和一对满脸通红的金童玉女，吃得甚是畅快。

饭后司机来接，任盈菲先上了车。若要放平时，柴小战肯定是心无旁骛地坐在旁边，把她送到家，再回家。

可今天，虽然穿戴整齐，但心里的感情世界，被扒得连小裤衩儿都没了，全世界都知道他是任盈菲的追求者。

"等什么呢？快上来，我累了。"

柴小战硬着头皮，在众目睽睽之下，钻进了车厢。

"你师傅教得好呀，怪不得每天都见不到人，原来是去'西天'取经了呀。"

柴小战没说话，用下巴指了指司机。任盈菲怕司机多嘴，也只好气鼓鼓地闭上了嘴。这时候，柴小战的手，已经握上了她的手。任盈菲也毫不客气，两人十指环环相扣。

司机将他们送到豪宅楼下，任盈菲说："老王，你先走吧，我和柴主任再喝两杯，你不用等了。"任盈菲都发话了，柴小战只好跟着下车，手拉手，跟着任盈菲上了楼。

第二十一章 「比翼双飞」

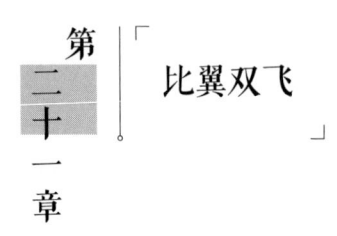

当柴小战还在睡梦中，手机铃声响了。

出于职业习惯，柴小战的手机没调过静音，肖福庆时代如此，李若楠时代更是如此。无论是秘书，还是办公室主任，都不可以错过老板的电话。信任是点滴间建立的，只有不断地给老板回馈努力，才能赢得老板的信任。

柴小战虽然眼睛睁不开，但手已经开始到处摸狂响的手机，当接通电话后，他瞬间清醒了，身旁的任盈菲却不耐烦地抱怨道："大周末的，这么早吵人睡觉！"

柴小战刚想阻拦这位大小姐说话，但是声音已经传到了手机的话筒里。

"你让菲菲接电话。"电话那头儿的声音捉摸不定，好像有点生气，有点埋怨，还有点想笑。柴小战已经吓破了胆，只好戳戳任盈菲的手臂："你来接吧，找你的。"

任盈菲还在迷迷糊糊，不耐烦地拿起电话，吼道："您哪位？这大早上的……"

"菲菲，睡醒啦？"

任盈菲哆嗦了一下也瞬间清醒。

电话那头儿是李若楠。

"妈妈昨晚给你打电话，你关机了，今天上午打还是关机。"

"哦哦哦，昨天喝多了，刚睡醒。"

"妈妈就确认下你平安，你们继续睡吧，妈妈不打扰了。"

"等等，什么叫作'你们'继续睡？"

"哎，不是，昨天喝多了，柴哥照顾我来着。"

"行，妈妈知道了。让他以后多照顾照顾你。"完了，她妈知道了，瞒不过去了。任盈菲沮丧地挂了电话，开始在床上打滚儿："都是你，都是你，你大早上接什么电话啊！呜——"

柴小战也是一头雾水，怎么电话直接打到我这儿啊！

这两个孩子还是太嫩了，李若楠是什么人？啥事儿没遇到过？什么事情能瞒过她的法眼？任盈菲不接电话，肯定是喝多了，估计小柴喝得也不少，电话直接打给司机老王，老王说主任陪着小姐上楼了，小姐让自己先走。自己家闺女的伎俩，她又有什么不懂，早上再问问菲佣家里什么情况，菲佣用蹩脚的中文说："小柴、小姐，进去了，没有了，到现在。"

这菲佣学中文，只会名词，然后就是三个字一组地往外蹦，但信息也足够了。

李若楠本来也觉得柴小战是个不错的小伙子,但看自己家闺女那个表情也知道,这傻小子差着火候呢!

诚实,有责任心,肯拼肯吃亏,是小柴的写照,这样的男孩子不多了。但自己家闺女喜欢什么样的男孩子?幽默感,有生活情调,才华横溢,高颜值,柴小战看上去好像都差了些,但好像也都能沾点儿边。

"喂,饿不饿,想要吃什么?"

任盈菲本来以为是早上,看了表之后才意识到,已经中午一点了,午餐时间都过了。

商量了一下,他们决定出门觅食,两人收拾妥当,任盈菲突然头晕,走不动路。可不是嘛,昨晚上喝了不少酒,他们这一整夜……断断续续地……也没有好好休息,宿醉感突然上来缓不过来了。

柴小战给任盈菲冲了杯咖啡,让她躺着看笔记本电脑,自己则跑进厨房忙活。

不到半小时,柴小战就端着两份自制比萨、两杯鲜榨综合果汁,放在床边,和任盈菲一起边吃边看综艺节目。

"这是你自己做的?"

"对啊,大学有专业的厨师课程要修,我拿了B+,你凑合吃吧。"

"这也太好吃了吧!你放了什么?"

"麻婆豆腐。"

"麻婆豆腐也能做比萨？"

"厨房只有麻婆豆腐的调料，我先煮了份麻婆豆腐，再放到比萨面饼上，刷大量芝士，这已经是最偷懒的做法了。"

"哈哈哈哈哈，你真是个小天才！"

任盈菲的一张油嘴狠狠地亲了柴小战一下，柴小战一个翻身又把任盈菲压到身下……

电话又响了，任盈菲终于能喘口气："行了行了，别腻歪了，快接电话去。"

"不接，天王老子的电话我也不接。"

"万一是我妈呢？"

说曹操，曹操就到，还真是李若楠的电话。

"小柴，给你们放个年假，菲菲也好久没出去玩了，你陪她度假去，明天就飞吧。"

"行。"

李若楠这要求来得有点突然，柴小战什么都没准备，连目的地都没有，就要去度假。

"我妈说啥？"

"她说让咱们去度假，明天就飞。"

"太好啦！"

"你想去哪儿玩？有想法吗？"

"去哪儿都行，你带我吃喝，胖十斤再回来。"

"我有好朋友在东京，不如让他带我们去吃。"

"好啊，不好吃的话我就吃你！"任盈菲说完这话，突然有点后悔，一语双关，脸一下红了，反倒是柴小战，又开始跃跃欲试。

"那咱们也别等明天了，让老王送咱们去机场，买最近的航班。"

"我东西还没收拾呢。"

"去日本买，都买新的。"

江城机场是全世界购物体验最好的机场，两层楼高的 Ch[①] 店，各个大牌齐聚，两人空着手先买了些衣服，又买了些护肤品、美妆，最后不得不买个箱子把这些装起来。反正柴小战现在有钱了，任盈菲从小对钱也没什么概念，这对情侣一路买到上飞机，在飞机上也不闲着，毕竟飞机上的护肤品、美妆产品更便宜。

东京有两个机场，成田和羽田，因为羽田机场离市中心近，所以机票会贵一些。两人出了羽田机场已经是夜里了，半岛酒店专门安排了司机和接机人员。

半岛酒店一直是柴小战的首选，无论是东京、巴黎，还是北京、半岛都是自有物业，深度经营。什么叫奢华酒店？普通的奢华酒店的清洁阿姨，一天需要打扫十几间客房，而半岛一个阿姨每天只打扫八间，是平级酒店的一半，可想而知房间整理的精细程度会有怎样的差异。

东京的半岛酒店位于银座，无论是购物还是吃饭都很便利。

两人在房间里匆匆地放下东西就出来找食物了。

---

① 法国时尚品牌。

柴小战的朋友康平会一些中文，是读大学时候的交换生，日本的美食家三代，一家人从战后时期就已经在从事美食的测评工作了。

　　日本的夜宵很丰富，尤其是银座铁路线下的巷子里，玲珑满目的各式餐厅，以串烧、拉面、饺子为主。用康平的话说，你在银座瞎吃都没问题，因为不好吃的餐厅，在银座一定活不下来。

第二十二章 「阴晴圆缺」

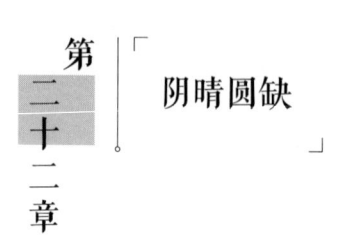

半岛酒店的早餐很丰富,但是柴小战想让任盈菲多睡会儿,然后直接吃午饭,避免早餐吃得太饱,导致一天的美食之旅,在中午就停歇了。

美食测评是个体力活,除了需要有深厚的理论知识、广博的见识,还需要一个超级强大的胃。因为每天摄入大量的优质蛋白、油脂、糖分和酒精,身体是否能迅速代谢,是对美食家天赋的巨大考验。如果你食量不够,就只能靠不吃早餐来应对挑战。

康平是日本专业的美食家,给柴小战"夫妇"的建议,是日式、西式和中式混合体验。日式品类极多,包括怀石、铁板烧、天妇罗、寿司、鳗鱼饭、烧鸟、日式烤肉、涮锅、寿喜烧、咖喱饭、拉面、饺子、日式洋食和日式法餐。有些餐厅只能晚上去,比如正规的日式法餐,米其林三星,女生需要穿漂亮的裙子和高跟鞋,男生需要衬衫、领带、全套西服和皮鞋；顶级的怀石、寿司、铁板烧还有天妇罗也只开晚市。像鳗鱼饭、涮锅、寿喜烧、日式洋食、咖喱饭，完全可以放在商场的美食街里享用，既不耽误逛街，又能体验到有品质的日式传统食物。

烧鸟、日式烤肉和拉面，一定要去深夜食堂，这是睡觉前碳水化合物的狂欢。

两人第一次出门旅行，自然是金钱开路。日本是全世界奢侈品消费第一大国，全民宁愿挤在逼仄的小房间里，也要在家中堆满奢侈品，满足对生活质量的追求。

坐在银座 H 旗舰店的宽大沙发上，任盈菲把 H 店里的小号衣服试了个遍。大家对 H 店的概念就是包包，三大神包，至于配货，没人在意。为了配货，代购会选择好出手的配饰、鞋和丝巾，只有真正的贵妇，才会配穿一季就要捐掉的服饰。

柴小战不喜欢 H 家的衣服，太老气，又诡异，但是在任盈菲的威逼利诱下，也选了些产品。

"你们有喜马拉雅吗？"

"抱歉，柴先生，我们店里平时不会有，这款包只给本地的 VIP 客户预订。"

"那如何能成为你们店的 VIP 呢？"

"我和店长汇报下，您稍等。"

店员什么客人没见过，从穿着用度来看，任盈菲定是有钱人家的孩子。至于客人敢问喜马拉雅，自己自然是要套路一下，每多一个VIP客人,对于店员来说,都是一份重要的业绩。

H家的喜马拉雅,是世界上最贵的包包,把非洲鳄鱼皮经过繁杂的工艺,做成白色带浅灰的皮革,是每个贵妇最终极的喜爱。柴小战在飞机上的杂志上看到了,就抹不掉这个念头,只有最好的包,才配得上他们家仙女任盈菲。

没过多久,店长就来到了柴小战面前,鞠躬,和柴小战用蹩脚的英语攀谈。

"我们第一次来日本旅游,也第一次来贵店,希望可以多买些东西,成为你们的VIP。"

柴小战说得很含蓄:"既然你们说喜马拉雅只给VIP预订,那我先成为VIP吧。"一般H店的VIP的标准很难界定,因为不同时期,业绩有不同的需求。比如某季度全世界的H店都会比谁鞋卖得最多,全世界所有店铺一起做销售额的排名,凡是靠前的,第二季度配发的包包,就会比别的店多。所以,如何满足店长对业绩的需求,就是想拿包的客人,需要考虑的。

"不如你带我参观下吧,看看有什么值得选购的。"

店长带着柴小战和任盈菲,从地下的男装,看到顶层的家具,到了家具展厅,店长透露了一个信息,最近H店希望多推广自己的法式家具。

工夫没白花,你敢开价,我就敢消费,家具比衣服强,衣服穿几次就旧了,家具是历久弥新、越用越有味道。柴小战的家里刚装修不久,大部分面积空着,只有卧室里的家具添备齐全了。

柴小战觉得和任盈菲在一起的好处是，他不需要锻炼审美了。任大小姐从小的吃穿用度都是顶级中的顶级，在美国的时间她也没闲着，艺术品和家居品的结合，正是任大小姐的兴趣所在。

两人选了沙发、茶几、椅子、灯具、瓷器和毯子，加起来已经有100万的订单了，店员们纷纷来帮忙，四五个人围着任大小姐转，柴小战则在旁边给自己家的小美人拍照，漂亮的女孩认真起来，漂亮得令人移不开眼。

店长对此自然是满意的，说一定会安排个惊喜给柴太太。这时候为了拍马屁，连任小姐的名字都藏起来不用了。

两人进了VIP室，店长又拿了枚鳄鱼皮的手镯出来，说是非常罕见的喜马拉雅手镯，任盈菲自己不喜欢，但是想到出来玩总要给长辈准备礼物，提议不如送给干妈高兴。柴小战看到任盈菲还能想着长辈，自是答应，但听到价格，也是吐了吐舌头。这种中年女性喜欢带的皮手镯，虽然镶了些碎钻，但居然也要40万，不愧是号称喜马拉雅的鳄鱼皮。

柴小战心想，做个VIP就要150万，这也太吃亏了。但当店长拿来神秘惊喜之后，柴小战就立马不后悔了，因为店长拿进来的是喜马拉雅，而且不是普通的喜马拉雅，这个包包的金属扣用的是铂金制成，还镶了钻，这是世界上仅有的三个镶钻铂金扣喜马拉雅之一。

任盈菲喜滋滋地收下了，如果说看一个男人对你好不好，就看他刷卡的姿势帅不帅。

第二十二章　阴晴圆缺

那么这一刻,她觉得柴小战帅爆了。

两个人每天吃吃喝喝,从银座到新宿,又从新宿到横滨,再去神奈川、箱根,这才回到东京,准备回江城。

任盈菲的手机响了,电话那头是高兴:"你让小柴接电话。"

"干妈您说,我是小柴。"

"有点心理准备。"

"好,您说。"

"菲菲妈妈出事了,不是身体,是生意上的。"

"具体什么事情?"

"电话里不能说,你们回来见我。"

柴小战也没敢多提李若楠的事情,怕任盈菲沉不住气,离见到高兴至少还有五个小时,他想就让菲菲再开心五小时吧。既然电话里不能说,肯定是敏感的话题。李若楠这么大老板,如果出了小问题,早就有律师团队可以解决,既然是她出了问题,一定是大问题。

任盈菲蹦蹦跳跳一路,爱惜地把新包包用防尘袋包好,抱在怀里。

回到家,收拾妥当,任盈菲刚想洗漱休息。

"咱们要去见下干妈。"

"这么晚了,要去送礼物吗?"

"礼物带着,她要和咱们说关于董事长的事。"

柴小战口里的董事长,自然是李若楠,任盈菲霎时天旋地转,想要晕倒。女孩白皙的脸庞更白了,连嘴唇都白了:"我好几天没联系上她了,出什么事了?"

"不知道,干妈说,见面谈。"

司机老王在下面候着,两人一路去了高兴家。

"你们把手机拿出来。"

姚秋秋也是第一次看到高兴如此严肃,收了两个人的手机,连同高兴的两部手机,一起收走。"秋秋,你现在让司机送你到中环码头,有船在等你。你在船上休息三个小时,再带着手机回来。"

姚秋秋疑神疑鬼地看着这对新情侣,从柴小战的表情和动作来看,两人已经不仅仅是兄妹那么简单了。但看到任盈菲的状况,也不禁觉得心疼,这个弱不禁风的漂亮女孩,泪眼婆娑,脸色发白,不知道三个人遇到了什么事情。

"菲菲,你听着,不用说话,这事儿你只能选择相信所有人。"

"柴小战,我并不能确定你现在是否进入了监控范围,毕竟你名义上是山城山水江城公司的办公室主任,为了谨慎起见,电话少用。"

柴小战点点头,表示了解。

"董事长的秘书、司机和弟弟先被控制了,董事长最后也被控制了,警方不会无缘无故地约谈这么有影响力的老板。"

"怪不得突然给我俩假期,她一定是知道什么了,让我们先躲一阵儿。"

"江城不是法外之地,你们两个说白了都是孩子,李若楠接触过

第二十二章　阴晴圆缺

什么，做过什么，你们能知道得很少。至少经过我手的，全部合法合规，这个我们是做足了功课的。"

"那您觉得是什么问题？"

"知道山城现在什么状态吗？"

"您说现在的严打吗？"

"你小子什么都知道。董事长作为本地最有实力的企业家之一，既然被控制了，自然是有原因的。我们要相信董事长所做的一切都合法。"

"您看我们现在怎么办？"

"好吃好喝，自己身体不能垮了。明天我会发公告，目前上市公司业务正常，董事长因病接受休假式治疗。"

"那需要我在工作上有什么调整吗？"

"小柴，你明天辞职。"

"辞职？"

"你需要保护菲菲，和山城山水切割关系。"

"不工作那我干啥？"

"我没记错的话，你现在是个亿万富翁，亿万富翁还需要每天上班吗？你们年轻人就这么没有理想吗？知道财富自由的意义在哪儿吗？想不清楚就回家慢慢想，一边陪菲菲一边想。"

打从出家门起，到见到高兴，任盈菲的眼泪就没停过。这个富家女孩和母亲相依为命，这时听到这么多坏消息，自然是没了主意，出来没一会儿，就不知道是睡着了还是晕倒了。柴小战赶紧和司机把她送到高兴家附近的明德医院，医生查了几个指标都正常，只好让任盈菲先住下，观察一阵。

辞职，辞职了他能干啥？

人生一时得意的柴小战，再次陷入了迷茫。

第二十三章 触手生春

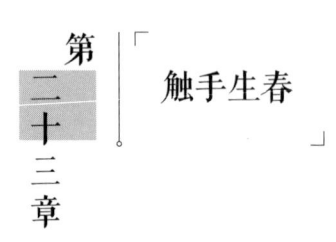

周一的早上,柴小战的手机短信不停,邮箱也炸了。

很明显,不知道哪个同学或是生意上的合作伙伴出卖了他。

所有的记者都在找他,IFC 楼下也围了很多记者,当他们公司的阿尔法驶入,就迎来一通乱拍。穿着 Il Negozio 的帅气小伙儿,昂首挺胸地走进大堂,随着咔嚓咔嚓的快门声,记者所有的提问,柴小战一一挥手拒绝。

一早,董事会发出停牌指令,公布公司实际控制人兼董事长李若楠女士进入度假式疗养。

江城关于柴小战的小道消息顿时如井喷一般炸开锅来,很多连柴小战都不知道的细节,已经出现在各大媒体的报道中。柴小战回到办公室开始收拾东西,随后走进了人力资源部老大邝总的办公室。

"邝总,这是我的辞呈。"

"柴总，您这是？"邝总故作惊讶。

"我会赔偿公司一个月的薪酬，即刻辞职。给您和公司带来的不便，还请谅解。"

"您要不要先和董事长沟通一下，毕竟您还是公司的二股东？"

"我相信如果能联系到，这也是她的意思。"

"您现在也联络不到她吗？"邝总试探性地询问。

"她现在有一些个人的私事需要时间处理，不希望被打扰。如果不是特别棘手的事情，就没有必要惊动她老人家。"

"明白，那我给您办理。希望有朝一日，您能再次回到公司，指导我的工作。"

真是老油条，连辞职都能被他"舔"得这么流利。

这一刻，柴小战彻底失业了。曾经倾注心血才得到的热爱的工作，全都没有了。

自从消息爆出来，柴小战既不接电话，也不回短信，邮箱更是不看，径直离开了公司。因为任盈菲还没辞职，司机老王照旧在楼下等着，面对记者围追堵截，柴小战一概不理，直接上了车。

通常这时候，记者不会再进一步行动，毕竟车厢内是私人空间，乱来的话会涉及违法。但这时候，一个男的"噌"地钻进了车厢，柴小战吓了一跳，以为有歹人，定睛一看，原来是河西银行私行部的吴天。

"老王，没事，自己人，开车。"

"柴总，抱歉，这么唐突，因为您电话不接，短信不回，公司我进不去,楼下人也多,只能这么找您了。"

"没事,你说吧,什么事?"

"您记得在咱们这做的股票抵押贷款吗?"

"记得啊,需要我做什么?"

"根据合约,如果股票停牌,或者跌破贷款额,您是有还款责任的。我知道现在找您有点唐突,但是金融业只能遵从法律,我个人相信您有实力,也相信李董事长会渡过难关,但银行就是银行,我必须和您把事情当面说清。"

柴小战不禁深深地吸了一口气,以为停牌加辞职,和山城山水就断了联系,连自己都忘了还有 8% 的股份呢。

"那你看怎么处理?"

"这事儿非常复杂,因为您持有超过 5% 的股份,所以减持需要披露,复盘当天,公司股价如果触发斩仓,您又补仓不及时,我们作为银行只能在二级市场抛售,这会对股价进一步打击。"

"这么严重?那我要给银行多少钱?"

"这个我不好预估……我只能最大限度地给您做好风险提示,毕竟公司目前及后续的状况到底如何,您应该比我清楚。"

几句话说得滴水不漏,远不是当初在柴小战面前大包大揽的样子。

打发掉了吴天,柴小战一筹莫展。车停在路边,望着往来川流的人与车,柴小战竟不知道自己该何去何从。从早上到现在,打击一环扣着一环,柴小战隐约感觉到事情远没有自己想的这么简单。

沉吟片刻，柴小战说："老王，先不去医院，回 IFC。"

一早上忙得昏头转向，柴小战竟然忘了在同一栋楼里办公的干妈——高兴，目前这样的情形，瞬息万变的股票市场，唯一可以信任的人，就是她了。

回到 IFC 门口，记者们一头雾水，这车怎么一会儿进来，一会儿出去，现在又进来了？柴小战只能再演一次对着镜头和话筒摆手，记者们也只能再经历一次被帅哥拒绝。

柴小战已经不是当初的柴小战，高兴早就在办公室等着他了。

姚秋秋守在公司门口，她的职业装越来越成熟稳重，熨烫得一丝褶皱都没有的白色衬衫，浑圆紧致的臀部，撑满了黑色的收腰裙，一双长腿肆无忌惮地踩踏着 CH 家的细高跟，精致且利落，神情却有一丝焦虑。

"到底怎么回事？"

"实话实说，具体的我也不清楚，只能先做好最坏的打算。"

"那菲菲怎么办？"

"还在医院里修养。"

"那你怎么办？"

"我已经辞职了，专心照顾菲菲。"

柴小战也不需要隐瞒什么，他知道姚秋秋对自己的心意，更知道自己的心意，自己既然已经下定决心要好好地陪伴在任盈菲的身边，那跟姚秋秋之间，自然是越早划清界限越好。

姚秋秋虽然早就猜到了一二，但是听到柴小战亲口说出来，还是有些难以接受，眼睛里满是复杂，既有气愤，也有嫉妒，还有些不舍。

柴小战已经没有心思再去顾及姚秋秋的想法了，现下的情况是李若楠那边不知道到底出了什么问题，而自己现在更是要面临很多问题。

高兴坐在大办公桌前，也不见焦虑，只是让柴小战把手机给姚秋秋。姚秋秋无奈地接过手机，转身出门。她知道，她要去海上等着，这是她的本职工作。

"银行的人今天找我。"

"我昨天疏忽了，你刚才一给我打电话，我就想到了，一定是银行。"

"那您看我需要把房子卖了，补窟窿吗？"

"这也在考虑范围之内，但是先不急着卖。第一，这是慢钱；第二，可能不需要那么多钱就能解决。或许不是钱的问题，而是信心的问题。"

"那您觉得我现在应该做什么？"

"那你要先想明白这里面有什么问题？"

"我觉得事有蹊跷。早上停牌公告刚发，媒体上的各种消息就已经铺天盖地了，有些事儿未知真假，但确实是咱们都不知道的。"

"对，这就能说明有人在我们背后放消息。能做到这一点的，必定是山城山水的高层。这个人可能并不确定李总到底出了什么事情，但是能肯定李总短期之内不会出面发声。"

"这个人这么做，图什么？"

"为名为利，再简单不过了。你年纪轻轻就坐上了这个位置，公司内部有多少人眼热盯着可想而知。公司刚宣布停盘，坏消息就已经开始满天飞了，你前脚刚递完辞呈，后脚银行就找上门，这明摆着是盯上了你手上 8% 的股票。"

"你的意思是老邝？他怎么敢这么明目张胆？这么多年在山水的积累他不要了，犯得着因为我撕破脸？更何况他也没有这么大的资金量啊……"

"好，你的问题，我挨个儿给你解答。股票如果真的抛到了二级市场，可就是白菜价了，当然这是后话。老邝当然不可能处心积虑地准备做这件事，他费了这么大的功夫才爬上今天的位置，自然不愿意山城山水出现什么问题。所以最大的可能性，他就是个趁火打劫的，更何况这件事情也不用他出面，他只要在前端把局做好，后面肯定有操盘的人里应外合。等你这 8% 的股份神不知鬼不觉地流入外人的腰包，背后的人再排排坐吃果果，神不知鬼不觉。既处理掉了你这心腹大患，又有钱赚，何乐而不为？"

"操盘的人？"

"除了咱们，谁最关注山城山水这个盘子？"

"你是说肖福庆？"

"据我所知，肖福庆已经回到了山城。我的人满世界地找他要债他还敢回来，自然是有更大的利益吸引他铤而走险。如果我没有猜错，他是想利用老邝，在这个节骨眼儿上狠狠地抄上一把。"

"这个肖福庆，真的是吃人不吐骨头。"

"咱们算计了他，他怎么可能甘心？但是多行不义必自毙，你跟他之前的前尘旧账也该有个了断了。"

"前尘旧账？"柴小战心里明白高兴说的是当年柴父那档子事儿，但是她又怎么会知道呢？

高兴只笑盈盈地看着柴小战，并没有回答："把文件签了，去医院陪着菲菲。出院了就回家疗养，该吃吃，该喝喝，酒不能停，去Zachys多拍点儿，把朋友叫到家里喝，喝到喝不动为止。"

"……"

"没和你开玩笑。你信不信得过我？"

"哪能？我现在能相信的只有您了。"

"当时帮你打理的5000万基金，半年回报率15%，今天全帮你卖掉了，明天帮你上杠杆吃山城山水的股份，吃到他们没货了为止。"

"行，这个听您的。但是我增持可以吗？"

"怎么不行？你是山城山水的二股东，增持自己的股份有什么不行？"

"我这点儿钱够吗？"

"你这臭小子，平时不学无术，拿着这么多钱都在想什么？"

柴小战抱歉地拍了拍自己的脑袋。高兴什么人？金融市场的操盘手，有她撑腰，自己还有什么好担心的呢？

"你刚才签完的合同，是我的券商公司给你的信贷授权，我们愿意给你配 5 倍的杠杆买山城山水的股份，也就是你明天有 2.875 亿的弹药和他们打。明天一定会出现砸盘，股票会跌，只要不到斩仓钱，肖福庆他们就不会动手。然后你手头钱实在不够打'空军'了，没有那么多货卖给你，李若楠拿了 70%，你拿了 8%，流通股非常少，但是我们也要保证上市公司的流通股比例，我会和行家处理好配售工作，帮你卖一些股份给行家，回笼一些资金。明天中午，我的新闻会出现在媒体，《高兴女士获柴小战先生委任成为山城山水董事，将继续推进山城山水集团资产注股》。再然后，我只要给追债的人放出消息，老肖回来了！"

柴小战听完佩服得五体投地，这拨操作着实厉害。

"干妈，您太厉害了吧！"

"唉，这才哪儿到哪儿呀？你们这个小壳子也就 30 亿，要是他们装完资产再跌，一天能跌上百亿，那我就无能为力了。"

"那我还需要再做什么？"

"就像我刚才说的，吃好喝好，欣欣向荣每一天！"

"这——？"

"傻孩子，我要把话说得多明白你才能懂？从明天的公告一发出去，你代表的就不是你自己了，而是山城山水的信心。多少双眼睛盯着你呢！你只有一切如常，甚至活得比平时更加风风光光、惬意自得，才能打消大家的疑虑。"

"我懂了，那这个壳未来还能装资产吗？"

"怎么不能？退一万步想，就算山城的资产没了，那也仅限于山城的资产。更何况到目前为止，所有最坏的打算也都只是我们的猜测。就算真到那一步，其他一线城市的资产也很难受到影响，中国是法治社会，是不可能胡闹的，所以我们最终要的就是稳住，一是要相信你姐，二是要相信自己，最重要的是要相信政府。"

有高兴这一番话，柴小战顿时有了精神，出门顺便就叫上了姚秋秋，又打电话约了一干好友到家里喝酒，姚秋秋也不知道他葫芦里卖的什么药，先答应了再说。

任盈菲在医院待着无聊，好不容易把柴小战等来，闹着要出院。一阵闹腾，两人回到了位于半山的豪宅。

第二十四章 隆中对

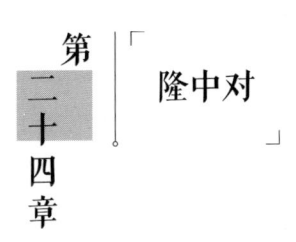

江城的秋天从来不会冷，白天依旧是艳阳高照，晚上才会稍微有些冷风。

中环，半山，嘉慧园，柴小战在日本买的家具，已经送到，H家的法式家具用大量的布艺和木头，衬得整个房间的色调变暖。任盈菲气色已经好了很多，腿上盖了块毯子，把美丽纤细的白腿藏了起来。

楚晓涵穿了条运动裤，上面是件宽大的T恤。毕竟来朋友家参加家宴，穿得太隆重了，喧宾夺主。两个女孩子叽叽喳喳聊着八卦，柴小战在厨房和客厅之间穿梭。

林富礼也受到了邀请，不过他是最后一个到的，虽然他是唯一不用上班的人，但四个年轻人中，他是最辛苦的一位。即便和柴小战年纪相仿，但是林富礼的穿着打扮依然保持着学生时期着装的风格，运动鞋、运动裤、运动短袖、格子衫。

高兴嘱咐的事，柴小战没有忘记，Zachys 的拍卖，不论大小，柴小战得了肖福庆当年的真传，只要看上的东西，举到别人不举为止。他也没有忘记李若楠当年的设想，花1亿买酒，坐等升值。

既然人已到齐，柴小战便张罗着大家上桌。第一瓶酒用来开胃，选的是 Jacques Selosse Exquise sec（雅克玛尔精致干型香槟）。这是一瓶香槟区的怪胎，传统的香槟越贵越复杂，但他们家无论入门款还是高端款，都无比复杂。强烈的氧化风格，已经跳出香槟的传统，也跳出了市场对香槟口味的预期。更何况，这瓶香槟还带着少许甜度，虽然叛逆，但是赢得了一众女生的好感。

任盈菲先介绍了自己的闺蜜——普林斯顿的天才女孩、金融圈的套利大佬楚晓涵，柴小战又私下和林富礼耳语补充了一句："处女，单身。"楚晓涵一点儿也不介意柴小战的耳语，毕竟她都能猜到他在说什么。

林富礼的身份就更容易介绍了，单身，理工男一枚，研究化学，这点儿倒是和楚晓涵有很多话题。普林斯顿只有基础科学，没有商业性学科，普林斯顿认为学会基础科学，自然能从事社会上的各行各业，金融也不过是物理模型的附属品，真正优秀的人才，不屑于学管理学。

"小柴，听说你身体挺好的呀？早中晚都按时按点的，比吃饭还准时。"

楚晓涵绝对是聊天高手，上桌第一句话，就让柴小战和任盈菲的脸"唰"的一下变得通红。

"小柴这年纪睾丸酮分泌比较多，菲菲这么漂亮应该还能提升他50%的睾丸酮水平。"

研究化学的林富礼，推了推眼镜，接过了话题："一般健身的人睾丸酮水平都很高，但也不是好事，因为睾丸酮过高，会增加患前列腺癌的概率。不过前列腺癌目前的医学水平可以维持四十年的寿命，通常年纪大了才会有，小柴只需要锻炼好腰肌就行，肾部如果疼痛就需要多休息。"

林富礼虽然是"单身狗"一条，但说起自己的研究领域来，头头是道。

"菲菲你也不能这么懒，该运动的时候还是得运动的。"

柴小战见势头不对，赶紧张罗所有人喝酒，把嘴堵上。

"楚老师，我现在失业了，准备自己做点儿事情，你有什么建议？"

"以你现在的能力，做什么都做不成。第一，没资源，你手头上有点儿闲钱，但做投资理财都会亏的人，也别想着学别人搞金融了。第二，你没能力，你工作才一年多，之前是给老板打杂，后来给更大的老板打杂，你除了打杂，并没有掌握一项专属技术。所以你自己做点儿事情，一定是失败告终。"

任盈菲听楚晓涵这么打击自己的心上人，不禁反驳道："没资源可以慢慢做资源；没能力，可以慢慢锻炼能力。我妈以前说过，到底是努力重要还是选择重要，努力，是为了提高下限，而选择才是提高上限。小柴一直都很努力工作，能力不断累积，下限自然也水涨船高。如今面临的是选择问题，选择好了，小柴就会有无限的上限，这远比努力更重要。"

另外三个人听了这一席话，不禁暗自点头，李董事长之所以能从众多老板坑里爬上来，自然是有很高的理论水平的。既然谈到选择，2009年，面临着很多选择。金融海啸之后，百业待兴，虽然美国千疮百孔，但是在中国四万亿救市资金的带动下，无论是金融市场，还是楼价市场，都蠢蠢欲动。大家都想抓住海啸后的重建机会，找到适合自己的生意，深挖、深耕，拼下一个十年。

"小柴为人稳重肯吃苦，但是适合他的事情不多。江城产业的本质是贸易和金融，就算房地产业，也只是金融的衍生品。贸易是老实人做的事情，算价差，找货卖货，拼的是努力，很适合小柴。金融业拼的是专业知识，拼的是人脉，拼的是资本实力，我认为小柴很难在金融业找到自己的位置。"

话虽然不好听，但是楚晓涵说的是实情。金融圈，自己做老板的，谁不是有巨大的人脉关系网，谁不是深耕金融细分领域多年，谁不是带着钞票带着人来抢市场。金融虽然看着好赚，但其中艰险与门槛，不是普通年轻人能进入的。

至于贸易，是江城的传统行业，但自从开放了自由行，江城的零售业机会浮现，巨大市场，江城有生意可以做，但是要想清楚做什么。

楚晓涵问柴小战："做贸易没问题，你有资金，但你有渠道吗？"

"楚老师，不如先做选择，你觉得我应该做什么贸易？"

"你不如换个思路，什么贸易利润最大？"

柴小战稍微思考了一下："利润最大的恐怕都不合法，比如贩毒、走私、军火，肯定不能做。我现在恐怕没有实力去挑选行业，我只懂葡萄酒，不如就做葡萄酒。"

楚晓涵过了过脑子，继续问道："我们私行部专门有个研究报告，推算未来十年最好的投资，深圳的房产、经典的老爷车、稀有的葡萄酒及威士忌，都是我们极力向客户建议的。不过，如果做酒商，左手买货右手卖，你只能赚到零售利润，没法享受到升值的潜力。"

"我妈不是说想成立葡萄酒基金吗？她买了一堆都放在Zachys的仓库呢。如果存着不喝，我们怎么产生足够的利润支持项目呢？不如零售也做，没必要上来把自己的业务限制太死。"

任盈菲既希望帮柴小战，也希望能帮妈妈完成心愿。

"我建议你们成立基金，用基金的形式管理这些投资。柴小战你可以用自己的钱买一部分，然后在市场上再融一部分，不仅可以收管理费，还能享受业绩提成。只不过做基金需要有规模，你只搞一个亿的基金，每年管理费才两百万，还不够交租金的呢。"

说到金融领域，楚晓涵自然有了发言权，如何将资产货币化，一直都是她擅长的领域。

"我们可以先做零售，再做基金。有干妈在，我们就不用自己研究方式了，和她咨询就好了。"

四个年轻人在喝掉1830年的"不死之酒"马德拉之后，做出了决定。柴小战作为项目负责人，全盘跑腿，楚晓涵以合伙人的身份，对业务做出指导。

第二十五章 千头万绪

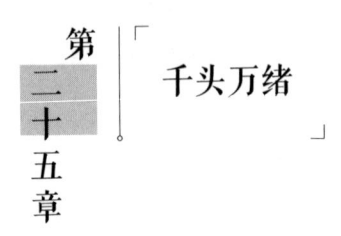

江城，中环，IFC。`

姚秋秋一脸麻木地接待了柴小战和任盈菲。在知道了这两人的恋情之后，姚秋秋不再给柴小战发信息，毕竟人家已经是有女朋友的人了，这点儿分寸她还是有的。更何况自己心里也清楚，无论样貌，还是家庭，她都与任盈菲有着天壤之别。对于柴小战的感情，也不可能是她一时间说放下就能放下的。但如今，她只能把这份喜欢深深地埋入心底，等待时间的潮水慢慢地将它清退。

任盈菲知道见高兴之前，一定会遇到姚秋秋，一早就开始描描画画了，柴小战催促了好几次，任盈菲只当是听不见。眼见就要迟到了，柴小战说："亲爱的，你再拖我就先去了，我约了干妈谈事情，不敢迟到。"

"你是着急去见干妈的小秘书吧？看把你急的。行，我也能理解，姚秋秋身材那么好，别说是你了，我看着都流口水。你着急那你自己去吧，我不去了。"

"吃醋了？这都猴年马月的事了，我可是早就跟姚秋秋说清楚了。"

"哼，你们男人，吃着碗里的看着锅里的，都是一个样儿。老话说，'妻不如妾，妾不如偷，偷不如偷不着'，我现在已经委身于你，你肯定就要开始惦记外面的，我可不能把机会拱手让人。话说你今天早上都没有亲亲，就是心里着急要去见她吧。"

女人一旦吃起醋来，毫无理智可言。柴小战不再争辩，只默默走到任盈菲身边，从后面轻轻地搂住她的腰，下巴正好抵在任盈菲的头上，深情地注视着镜中的那个小美人："你在我眼里永远是最好看的，从今以后我只看你，我的心里也只容得下你……"

姚秋秋今天穿了一身白色的连身裙，绵软的材质，倾泻而下，只在腰间简单地系了一根丝带，凸显出傲人的腰臀比，表面上看起来平平无奇，却实在是太容易惹人遐想。

看着姚秋秋这身"心机装扮"，任盈菲坏笑着看向柴小战，柴小战的目光却只在任盈菲的身上，他紧紧地拉着任盈菲的手，时不时地轻握几下，走进了高兴的办公室。路途虽然只有几十米，但姚秋秋心里的醋坛子却已经打翻了千百遍。

老规矩，大家把手机交给姚秋秋，姚秋秋拿着手机去中环码头登船出海。

"你妈妈那边还好，大家该谈的都谈完了，涉及她的事情也都理清了。注意，是听说，你妈妈被控制，确切地说应该是被保护，并不是山城山水出了问题，她也没有违法违规，只是现在有关部门希望你妈妈配合整理关于山城的一些违法违纪行为，你妈妈之所以还不能露面，就是因为真正的幕后黑手还没有浮出水面，所以为了保证她的安全，只能对外放些'烟幕弹'暂时将她'隐藏'起来。"

"那什么时候才会有结果呢？如果事情一直没有水落石出，她岂不是要长期被'隐藏'？"

"道理是这个道理，但这不是咱们该考虑以及咱们能控制的问题。我听说，仅仅是听说，政府对这个事件极为重视，整体的调查已经暗中持续好几年了，现在有所动作，肯定是已经有了将幕后黑手连根拔起的把握和决心。所以我们现在要做的，就是不给李董事长捅任何娄子，尽量稳住山城山水的盘子，将这个事情所能带来的商业损失降到最低。"

任盈菲终于听到了妈妈的最新消息，虽然知道高兴的描述多少降低了事情的利害程度，多少会有安慰的成分，但是心里的大石头也总算是落了地，至少看到了希望，不禁眼中含泪。

"你们找我谈啥事儿？"

"您不是让我思考做点儿什么吗？我刚进社会不久，托您和我姐的照顾，赚了点儿小钱。从知识上来说，我比较懂的就是葡萄酒行业。我认为未来顶级葡萄酒的价格只会涨，不会跌，而且我姐也特别看好顶级葡萄酒的市场，囤了很多好酒。"

"说说你对葡萄酒价格看好的依据。"

"葡萄酒是一种奢侈品,但属于可消耗的奢侈品。高端葡萄酒的价格完全由市场定价,而不是酒庄定价。传统的波尔多玩法是,庄主们定价,全世界来买。但随着收藏的需求,尤其是可以通过Zachys 的拍卖看到,收藏级别酒的价格,不是酒庄来定,而是市场决定。"

高兴点了点头,让柴小战接着分析。

"既然酒庄无法决定价格,自然是酒商来制定游戏规则。他们可以在出厂价和市场价上做文章。我举个例子,康帝的出厂价只要几千块,但是市场价贵了十几倍,大家仍然竞相追逐。酒商之所以敢定这么高的价格在市场上销售,是因为藏家们愿意花这个钱来买,所以藏家的数量决定了未来高端葡萄酒的走势。"

"那你看好高端葡萄酒的价格,是因为会有更多的藏家吗?"

"我非常看好国内富豪成为顶级葡萄酒的收藏家的趋势。目前我接触到的国内藏家数量非常非常少,我姐看到商机,大手笔地在Zachys 买货。我相信她的判断,随着中国经济实力的增强,富豪越来越多,葡萄酒的价格会因为第二大经济体的崛起而一飞冲天。"

"我了解了,你赌的是国运,外加你的专业判断,我认为是符合逻辑的。那你打算怎么做呢?"

"传统酒商的模式,是无法获得巨大利润的。他们只交易酒,而没有把酒当成资产管理。我建议做葡萄酒的综合性公司,而不是简单地在欧洲拿货,江城散货。"

"有意思,上来就要玩大的,不怕玩砸了?"

"有您在我后面站着，谁敢看我笑话？"

"你这小子，拍马屁学得倒挺快。那好，既然要我继续帮你保驾护航，你就来说说你这葡萄酒公司怎么个综合性？"

"我姐的想法比较简单粗暴，花一亿买酒，过几年翻几倍，就是几亿。但是如果想获得行业影响力，不是花一亿买货就能获得的。"

"你还要行业的话语权？"

"葡萄酒，我们中国人完全没话语权，非常被动。如果生意要这么做，最后还是得求着外国人。"

"你说得对，你继续。"

"首先是不能只有自己买，还要有其他投资人一起买，我们开设专门的葡萄酒管理公司，帮客户买到最好最便宜的酒，放在英国最专业的仓库，方便全世界放售。帮客户买酒不赚钱，给最低价，让客户有意愿投资，我们赚的是卖的钱，就好像您的基金一样，获利部分会抽取20%的服务费，如果我们做到10亿的规模，就有足够的利润养活团队了。而且我们只需要找些葡萄酒的专家做销售，他们的工资水平并不高，所以总体的成本是可控的。"

"这个业务没问题，我也会买一部分酒，亏了就当自己喝掉吧。"

"哈哈哈哈，您说得对，这也是它的延展性之一，投资人就算亏损，最后还是有酒可以喝的。"

"这业务可以，但是如果你规模做不到位，可能就养活不了一个公司了。"

"所以我们可能也要在客户买酒的时候赚一点儿微薄的利润来养

团队。"

"怎么体现综合性呢?"

"我认为除了葡萄酒基金,还要有自己的零售团队,如果我们能迅速帮客户卖掉,就能迅速产生利润。我认为现有的零售业务太传统了,未来只会举步维艰。他们卖给餐饮行业,利润非常微薄,还经常遇到退换货的情况,酒庄做得再好,和他们没半毛钱关系,说换代理就换代理。而且零售的竞争也非常大,尤其是波尔多,一定会"爆煲"。每年那么大的体量,极长的成熟期,虽然他们很会做推广,但我个人不建议投资波尔多。"

"你认为应该怎么经营零售团队?"

"做内容电商,不设实体店。"

"什么叫作内容电商?"

"内容电商做葡萄酒非常适合,我们手头有客户、有钱、我们去挖掘一些好酒,一些大家还不知道的酒,但是在业界评价极高,我们先采购囤货,然后写分析文章,向用户推荐这款酒。我们没有店铺,只有仓储成本,文章我亲自来写,每天一篇。我们仓库里有十亿的酒,大家愿意买就买,不愿意买也没关系,因为我们没有囤货的压力,都是投资人的酒。"

"我有个问题,你这个商业模式非常依赖声誉,人家凭什么相信你的判断,凭什么信任你的推荐?"

"嗯,我也考虑到了,所以我需要一所学校。"

"学校?"

"对，专业的葡萄酒学校，教大家喝酒，不仅可以积累客户，还能建立权威。我们可以和酒庄直接建立联系，帮他们培育在中国的爱好者，这是酒庄乐见其成的。我们还能和酒商互动，推销他们的产品，学校是我们葡萄酒业务的核心。"

"好主意。那么问题来了，谁来教？"

"吕大师，华人葡萄酒界的老大。"

"他肯给你打工？"

"换个思维，我给他打工，帮他建立学校。"

"众所周知，这个吕大师已经退隐江湖多年了，现在是闲云野鹤，踪影全无，你确定能请到他出山？"

"找人这个事情，可能颇有些难度，不过只要能找到他，我觉得我可以说服他。"

"哈哈哈哈，好。干妈看上的就是你这份自信。人我帮你找，你给干妈什么好处？"

"干妈您尽管提！"

"给干妈点儿股份呗，三五年后，你们上市，我来帮你做承销人。"

"干妈愿意助我一臂之力，那是再好不过了。您是认识这位吕大师？"

"巧了，我跟他颇有一些渊源，而且他也知道你。"

"哦，知道我？"柴小战起了好奇心。

高兴却卖起来了关子："不着急，见到他你就知道了。"

"哦，那好吧。其实，我还没说完，我的版图里还有最后一块拼图。"

"还有？你这生意想做多大？"

"Wine Bar①是我的最后一块拼图，将会是最前沿的试验田。"

"如何理解？"

"我们有了酒，有了零售，有了学校，如果能有一个线下的店，把业务都穿在一起，我认为不是 Wine Shop，而是 Wine Bar。"

"你小子，先别一口吃这么大。业务一个一个地做，一口吃不成胖子。"

"您放心，我踏踏实实地落实，您给我介绍几个喜欢喝酒的朋友就行。"

"这个容易，下周咱们组局，你先把公司成立，银行账户开立好。最重要的是团队，别什么都一个人干，要学会带队伍。"

柴小战认真地点了点头。

做事业，除了要拼，还要有技巧、方向的选择、业务的联动，还有团队的组建。柴小战脑海里已经有了人选的名单，他要找时间挨个儿去做工作。

---

① 主要供应葡萄酒的小酒吧。

第二十六章 「开宗立派」

江城，半山，嘉慧园，顶层特色单位。

柴小战从酒柜里，翻出来一瓶 1986 年的 Henri Jayer Echezeaux（亨利·贾伊酒庄依瑟索特级园干红葡萄酒）。

下午三点，高兴的阿尔法准时停在柴小战家门口，柴小战已经提前在门外等候了。

吕大师是华人葡萄酒界的翘楚，甚至是骄傲。在全世界葡萄酒师体系中，分为葡萄酒大师和葡萄酒侍酒大师两个体系，他先拿下了侍酒大师，现在还在筹备成为双料大师。

江城不缺大师，甚至北京都有两个大师，但大师和大师之间是有差距的。影响力，可不是通过考试就能获得的。

吕大师早年间就开始教授葡萄酒认证课，这是葡萄酒相对体系化的课程，由擅长制定规则的英国人建立，目的是为了让葡萄酒产业更加专业化。

大师有个规矩，没去过的产区不讲。你去都没去过，没和农民聊过天，没吃过当地的美食，你如何能理解当地的葡萄酒？通过品鉴，只能获取一部分的信息，更多的信息，永远在原产地。

吕大师因为每天沉迷在美食美酒之中，最近几年行踪成谜，鲜少有人能一睹真容。他一直发表观点，却始终不在媒体面前抛头露面。

有人说他是个不修边幅的浪子，有人说他温文尔雅、风度翩翩。传言他年轻时红颜知己无数，却从未有任何一位前任对他有过差评。他的人生似乎无定式，唯独对葡萄酒永远专注。

大师毕竟是大师，自云有奇术，探妙知天工。

车门打开，柴小战也按捺不住内心的好奇，想要一见大师真容，然而映入眼帘的却是一张熟悉的面孔。

"老姜？"柴小战忍不住喊出声。

"叫我老吕也可以。"老姜笑盈盈地看着他，还是那身熟悉的不修边幅的休闲装扮。"你干妈今天临时有事儿，就不过来了，她说反正咱俩也不是外人，让你有事儿直接跟我聊就好了。"

柴小战惊得眼珠子都快掉出来了，一时间竟不知道说什么好。

"怎么着？不打算请我进家里坐坐？你可还欠我两瓶好酒呢。"

柴小战赶紧把老姜迎进门，不，应该说是把吕大师迎进门。

日落时分，香槟已经喝到第二瓶，1990 年的 Krug Closdu Mesnil（库克罗曼尼钻石香槟白中白香槟），完虐同年份的 Salon（沙龙香槟）。在香槟区，无论是 NV（无年份）[①]还是独立园，Krug（库克）是永恒的霸主，别忘了，还有 Clos d'Ambonnay（库克安邦内黑钻黑中白香槟）的存在。

柴小战也终于捋清楚了事情的来龙去脉，解开了之前的疑惑。吕大师遇到柴小战，确实是机缘巧合，但收留柴小战，一是因为对这个爱酒的小青年颇有些兴趣，另外一个层面是柴小战讲述过往经历的时候，提到了高兴，也算是因着这位故人的面子，吕大师经常为柴小战指点一二。

之前老城区的房子，是吕大师的旧宅，成名后吕大师酷爱这市井民间的纯粹味道，于是将这老宅保留了下来，偶尔回去小住，顺便收三两年轻租客，回味年少青葱时光。

柴小战从旧宅搬走得匆忙，也未来得及跟吕大师告别，再加上后来遭遇了那么多的事情，也就逐渐忘记了这一茬。

吕大师早看出柴小战这孩子不简单，但有今时今日的建树和想法，确实也让他为之惊叹，本以为这聪明孩子不过是个过客，直到高兴上门找到自己……

"那您跟我干妈？"柴小战突然起了八卦的心。

"故交。"

"仅仅是故交？"

"哈哈哈哈哈哈，难得的故交。"

[①] Non-Vintage，无年份。

"那狮峰龙井？"

"你干妈送给我尝个新鲜，她爱茶也爱酒，有好东西总不忘想着我。"

"怪不得！"柴小战露出意味深长的微笑，吕大师却不接他这话茬。

前情聊尽，两瓶香槟已经下了肚，两人终于进入正题。

正如柴小战所言，葡萄酒领域的话语权一直在外国人手里，包括在中国葡萄酒的话语权，也在外国人手上，从来没有换过。中国人相信，舶来品的品位审判权，自然在原住民的手里。自从越来越多的中国年轻人投入葡萄酒的领域，他们的知识与才华，征服了更多中国人。中国人自己掌握话语权的时代开始了，就算是四大酒业巨头，也需要吕大师来宣传自己的产品，就算是在波尔多、勃艮第、香槟等方面，也有越来越多的中国人，替代了外国人，成为关键意见领袖，用中国人的品位，审视这个世界。

人生总是有新的山峰等着你去攀登，除了做一个大师，他还需要传道授业解惑，让更多的人爱上葡萄酒，更懂葡萄酒，这是使命，也是机会，因为华人中有影响力做好这件事的人，并不多。

影响力这种事，除了像关键意见领袖一样影响仰慕者，同样，也影响着业界。酒业四大巨头，垄断了全球大部分酒精饮品的消费，开学校不仅仅是教授葡萄酒认证课，还背负着宣传葡萄酒的使命。

"一直听外界传闻吕大师想要开办学校，能不能给我点儿股份？"

"我给你股份，你给我什么？"

"钱。"

第二十六章　开宗立派

"除了钱。"

"你不要钱?"

"我需要钱?如果是为钱做学校,大把人会给我,为什么要你的钱?"吕大师微笑着追问。

市场上好的项目,全都不缺钱。尤其是葡萄酒学校,不仅没什么重投入,还能迅速获取大量客户,轻资产,高回报,这样的项目并不好找。

柴小战一时想不到更好的理由说服吕大师,但灵光一闪,他是吕大师,但他也是自己认识的那个老姜啊!!

"我请你喝 Henri Jayer(亨利·贾伊酒庄)的葡萄酒。"

"……"

对于这种酒痴,你用钱砸不动的时候,不如试试用酒砸,看他能不能扛住。

柴小战拿出早就准备好的 1986 年的 Henri Jayer Echezeaux(亨利·贾伊酒庄依瑟索特级园干红葡萄酒)。

"你真开啊?"

"你给不给股份?"

"这酒不会是假的吧?"

"Zachys 大张总那儿来的,锡纸割开了直接验的木塞。"

"你要多少股份?"

"你给多少股份?"

"这酒你喝过吗?"

"我没舍得喝,等着和合伙人一起喝呢。"

吕大师想喝酒，又不想给股份，但是在 Henri Jayer 的诱惑之下，已经晕头转向："没问题，给你股份，只要你别给我添乱就行。葡萄酒可能是你的偏爱，却是我的职业，我的事业，你不能把它做坏。"

"葡萄酒是我的偏爱，也是我的梦想，我希望更多的人爱上葡萄酒，这也是我投资你的初心。我不需要你赚钱，当然你能赚钱更好。我可以不分红，让资金在学校里滚动。"

"你开酒还是我开酒？"吕大师终究还是惦记喝酒，拿着酒刀跃跃欲试。

有了学校，就有了话语权，以专业性为依托，再去卖酒，就容易很多。

"吕大师，学校卖不卖酒？"

"学校不卖酒。"

"何苦如此清高？"

"学校，赚的是中立的钱，只有你中立，才有人给你生意。你不能看到手头有几百几千个学生，就想着变现。你要想着四大酒商，波尔多、勃艮第、纳帕、澳洲、新西兰、南非、智利、阿根廷，都在等着和我们做生意，我们要让更多的人知道他们的酒，至于卖酒的事情，就交给酒商吧。"

"那我可不可以卖酒？"

柴小战把自己的设想和吕大师讲了一遍，吕大师说："你这个想法不现实，你现在有 10 亿，你能买到 10 亿的酒吗？"

"没人卖给我吗？"

"全世界所有拍卖行 2009 年的葡萄酒成交额也就 15 亿，难道你全买了吗?"

"我选的那些酒庄,我可以全买了。"

"我听听你要买什么酒庄?"

"Leroy(勒桦酒庄),d'Ayvenay(黛伦堡酒庄),Armand Rousseau(阿曼卢梭父子酒庄),Roumier(卢米酒庄),Coche Dury(科奇酒庄)。"

"不买 DRC(Domaine de la Romanee-Conti 罗曼尼·康帝酒庄)?"

"DRC 股东太多了,他们没什么动力涨价,而且出厂价和市场价溢价太大了,未必涨得起来。"

"我赞同。但是你算算账,你选的这些酒庄确实都很好,但是一定没有 10 亿的货给你买。"

"那怎么办?"

"买地。你这么大的基金,没必要只盯着酒。你既然看好勃艮第,不如直接买勃艮第的地。"

"这事儿会不会搞太大了?我需不需要自己酿啊?"

"我有个原则,我没去过的产区我不会讲课,必须去了才知道产区什么样子。你也一样,你拿着大家的 10 亿资金,是不是应该去一趟勃艮第,看看什么是勃艮第呢?"

柴小战从露台走进客厅,对着卧室大喊:"任盈菲,去不去法国玩儿?"

像得到召唤的神兽一般,任盈菲穿着睡衣飞一般冲了出来:"去去去!什么时候走?我要去巴黎消费!刷爆你的卡!等等,你们喝什么呢?柴小战,你个死人,喝这么好的酒不叫我?"

任盈菲看到吕大师,也加入了下午"茶"局。

"吕大师,我要在巴黎买 H 家的包包,你能找人给我配货吗?"

"巴黎我不行,我没有那个实力,但是勃艮第我可以试试。"

"勃艮第还有 H 店?"

"你别小看农村,那些庄主太太们花起钱来,很凶的。"

"那要不要配货啊?"

"你让那些庄主太太把配额让给你不就好了?这就要看你老公能买多少酒了。"

"你别看我,要真的让我买,我可以买 10 亿。"

"别做梦了,老太太的存酒量极大,都捂住不卖,等慢慢升值。"

"除了我说的那几家,你还有什么推荐?"

"我给你介绍个地陪,巴黎蹦迪一姐,你去了巴黎,请她吃好喝好,让她陪你去趟勃艮第,比咱俩在这儿空谈要强百倍。"

"那我是不是还要陪她蹦迪?"

"就怕你时差倒不过来,早点儿睡吧,你这儿小体格,不够她玩的。"

巴黎蹦迪一姐名叫兰青笛,东北人,人称巴黎"迪姐",她接了吕大师电话,安排了档期,让柴小战直接联系她。

第二十七章 巴黎银塔

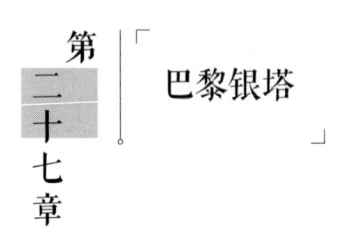

上了国泰的航班，柴小战和任盈菲两人的香槟就没停过，国泰头等舱提供 Comtes（泰亭哲伯爵香槟），因为浓郁醇厚，非常适合在飞机上味蕾不敏感的情况下饮用。两人喝得晕晕乎乎地睡着了，再醒来，已经是巴黎的傍晚。

虽然和哈尔滨同一纬度，但巴黎不仅没有西伯利亚冷空气的袭击，还坐拥北大西洋暖流的保护，虽然是冬天，但天气仍如深秋。街上人流熙熙攘攘，五光十色，甚是迷人。

柴小战因为穷，没来过巴黎，任盈菲因为读书在美国，也没来过巴黎，两位新人在巴黎的第一顿饭，选择了银塔。

银塔餐厅曾经辉煌一时，但是随着新餐厅的挑战，银塔的餐食水平已经沦落到一星。但仍然吸引着大量富豪聚集于此，只因为他们家的酒单，巴黎第一。

历史悠久的好处，就是有大量的老酒可以供食客们选择。

这次来法国参观，吕大师介绍了巴黎酒圈的大佬——外号"欧洲蹦迪一姐"的迪姐。凡是欧洲的电音现场和大型蹦迪场所，都能看到迪姐的身影，高大的东北人，一双超过一米二的大长腿，即便在欧美人群中，也能一眼看到黄黑色皮肤的迪姐。

迪姐是巴黎 Legrand（罗格）的王牌销售，凡是讲普通话的富豪，都是她的客户。Legrand 虽然只是一家做零售的酒窖，但因为历史悠久，又位处巴黎核心，所以地位极高。更重要的是，酒窖五代传人，每一位都是挖掘好酒的大师。他们的足迹遍布法国，把 Armand Rousseau（阿曼卢梭父子酒庄）和 Seloss（瑟洛斯）这样的独特作品带到巴黎，供巴黎上流社会品用，因此可以说 Legrand 是法国所有酒庄梦寐以求的合作伙伴。凡是有酒能被 Legrand 掀了牌子，进入酒单，那么就够这些法国酒农在农村吹三辈子的牛了。

银塔的规矩很多，还好柴小战是 Il Negozio 的 VIP，他身着全套江城手工西服，配上意大利 Paolo Albizzati[①] 的领带，帅气逼人。任盈菲没敢戴首饰到巴黎，怕被人盯上，但是再美丽的珠宝，也比不上少女的轻灵之气，任盈菲即便没有珠宝装饰，也依旧美丽动人。

迪姐热情地迎接了这对金童玉女，很快就和任盈菲混熟了。

三人被领到了餐厅的二楼，每一桌都是盛装出席的欧洲人，低声地聊着天，品尝着美食与美酒。

---

① 意大利服装品牌。

银塔的酒单非常厚，共有 200 页，看完着实需要时间。柴小战不是一个能一心二用的人，他一头栽到了酒单里，只剩下任盈菲和迪姐在聊天，话题自然都是女人的那些事。

"巴黎的 H 总店能拿到包吗？"

"很多人通宵去排队，最早的几个人，进去挨个儿问要什么包，也要看当天的配额。"

"直接配货拿包呢？"

"我可以给你介绍，但是巴黎不认配货，因为大佬太多了，店不够用。不说欧洲的富豪都在巴黎买，连咱们国家的几个大佬，都是巴黎各家分店的超级 VIP，要什么给什么，你和他们拼，还不如在代购手里买呢。"

"代购手里买好难分清真假。喂，柴老板，派给你个任务，吃完饭你去总店排队，我要原价买包。"

"那倒没必要麻烦柴总，我可以和我们老板打个招呼，他是巴黎酒圈的大佬，他老婆是 Krug[①] 的 CEO，社会地位很高。巴黎认关系，不认钱，我明天让他帮你安排进店参观，然后你说想要什么包，基本上都能给你。"

"那太好了！喂，小柴柴，你听到了，迪姐带我买包，你快点儿开大酒给迪姐喝。"听到能买到自己心仪的包，任盈菲兴奋不已。

就算没有包，柴小战也要开大酒，银塔酒单上的价格，便宜

---

① 香槟品牌，克鲁格；库克香槟。

到"令人发指"。1985 年的 DRC Montrachet（罗曼尼·康帝酒庄蒙哈榭特级园），1990 年的康帝，1978 年的 Henri Jayer Richebourg（亨利·贾伊酒庄里奇堡特级园干红葡萄酒），收尾还点了瓶 1988 年的 Rayas（稀雅丝酒庄）的酒。三个人四瓶酒，迪姐还吵着要带两人去店里喝二场，但柴小战的时差来得太猛，根本睁不开眼睛，最后硬被任盈菲拖回了酒店。

约了迪姐在 Legrand 吃午餐，他们酒窖拓了一小片地方做小餐吧，法语叫 Bistro。Bistro 本来也是从巴黎兴起，随后发展到了全世界，尤其是西方主流城市，大量的 Bistro，开创着新的菜系。

当吃过足够多的米其林大餐之后，人们就会对传统法餐感到厌倦。最贵的食材，炫酷的手法，动辄十几、二十几道菜，需要几个小时才能吃完，让大家在盛宴中感到疲惫。就像中国人需要撸串儿，需要涮锅，巴黎人吃腻了大餐，就期待在 Bistro 这样的小酒馆儿，吃点儿接地气的小菜，喝点儿小酒。

Legrand 离酒店不远，两人手拉手一路穿过公园和各种古建筑，到了酒窖。只见店里人头涌动，所有人都忙得七上八下。柴小战拉住一位看着像是中国人的小孩，问他迪姐在哪儿，他说迪姐"夜夜笙歌"，上午一般都在睡觉，很少在中午见到她。

柴小战打了迪姐电话，一直不通。巴黎毕竟是巴黎，随便在街边走走，都能感受到浪漫的气息。两人边走边逛，迪姐这才打电话过来："柴总，抱歉，昨晚喝大了，醉到现在才醒。"

"迪姐，没事儿，我也经常喝大起不来。那我们现在回店里等你一起吃午饭？"

"嗐，别提了，昨晚我们店里搞活动，大家一起嗨，搞到凌晨两点多，结果电线短路，把酒窖烧了。还好当时人多，大家赶快报了火警，还到处找水灭火，但是已经熏黑了，酒窖所有人都在忙着修复，餐厅关闭了。"

"怪不得大家都很忙，那咱们换一家吧？"

"地址发给你了，我带你们吃越南粉儿，吃完了逛 H 买包。"

去巴黎之前，吕大师除了把迪姐介绍给柴小战，更是嘱咐，到了巴黎，必须嗦粉儿，越南的那种，但巴黎做的比越南做的更好吃。

越南曾经是法国的殖民地，不少越南显贵，移居巴黎。他们带着越南最好的厨师，慢慢就演变成街头的小店，尤其是喝完大酒蹦完迪后，一碗热腾腾的越南粉儿，让整个灵魂都颤抖了起来。

越南粉儿在巴黎市中心的小巷子里，老板以越南语、法语为主，并没打算做外人生意。迪姐轻车熟路地点了一桌子越南小吃，每一样都让任盈菲大叹满足，油炸和碳水化合物的组合，没有人能够抵挡。

饭后三人散步就到了 H 总店，Rue du Faubourg Saint-Honor（圣奥诺雷郊区街）整条街都是奢侈品店，H 家有一栋快两百年的老建筑，店长专门留了一小时陪他们逛。凡是做品牌的，一定不想先谈生意，希望你看过了，听进去了，接受了他们的文化，也能接受他们的溢价，大家才开始做生意。

"柴先生，柴太太，不知道想买点儿什么？"

柴小战没敢提包，怕太生硬，倒是任盈菲的性子直接："我想要鳄鱼皮。"

"柴太太，您太会选了，鳄鱼皮是我们非常拿手的工艺，不知道你想要什么包呢？"

任盈菲寻思自己已经有了喜马拉雅，那不如要个 Constence[①] 吧。

店长安排人服务，两人怕光买包，丢中国人的脸，于是等包的工夫，还给高兴选了手表，给楚晓涵选了钱包，给柴小战的爷爷奶奶也都挑了礼物，这才坐进 VIP 房看包。

任盈菲在选包，柴小战和迪姐安排接下来的行程。

"迪姐，我想去勃艮第看看，希望能买点儿酒，我甚至有个更大胆的想法，买块地。"

"嗯，我觉得你可能有点不了解勃艮第的农民。咱们去他们酒庄参观，他们都未必欢迎，更不用提买酒了，他们根本不缺买家。至于买地，我要问问有没有法规保护，勃艮第的土地不是你想买就能买的。"

"如果有潜力的酒庄，会考虑卖酒给我吗？"

"你想去哪些酒庄？"

"我最想去 Leroy（勒桦酒庄），DRC（罗曼尼康帝酒庄），Roumier（卢米酒庄），Coche Dury（科奇酒庄），Armand Rousseau（阿曼卢梭父子酒庄）。"

---

① 爱马仕品牌旗下一款产品。

"你说的这些,是所有人梦寐以求的酒庄,我只能试试看,一两家或许可以。你考不考虑一些不太红,但是我老板很看好的酒庄?"

"你老板推荐的,我必须去啊。他现在看上谁了?"

"Roulot(葫芦酒庄),Arnaud Ente(阿诺恩特酒庄),Bizot(碧莎酒庄),他最看好这三家,你喝过吗?"

"听都没听过,今晚有机会能试试看吗?"

"我建议你全收了,因为量都不大。"

"没问题,你看看有多少瓶,我全要了。"

"你放心,加一起也没今天在 H 店花的多。"

虽然是原价买包,但是任盈菲大小姐的做派,让店里上上下下都很开心。买完的东西全都不用拿,直接送到酒店房间,两人空着手跟着迪姐继续逛,继续买。

第二十八章 碧莎酒庄

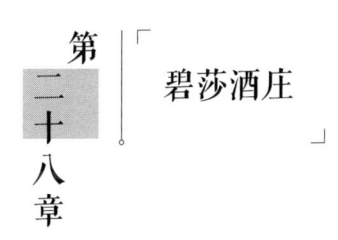

巴黎，作为一个古老的城市，它是时尚的前沿，任盈菲到了巴黎就是一通买买买。

晚上是迪姐托朋友才订到的米其林三星——Le Cinq，餐厅位于巴黎第五大道的四季酒店中。

Le Cinq 的名字，也源于法语"第五"。位于第五大道的四季酒店，将古老和奢华结合在一起，空气中弥漫着金钱的味道。这家巴黎标志性酒店的大堂，坐满了人，唯独这家三星餐厅，餐台与餐台之间保持了较大的距离，确保了私密性。这家餐厅的酒单并没有什么可选，都是些新酒，柴小战看得索然无味，还好 Raveneau Le Clos（拉维利奥酒庄克洛斯干白葡萄酒）便宜得不太像话，几百块人民币就能喝到，比外面便宜太多。

这三星餐厅吃得索然无味，但法式发音的英语，任盈菲和迪姐却听得津津有味，柴小战再次进入时差状态，困得不得在外面活动活动。虽然到了晚上 11 点，但酒店里依旧人声鼎沸，不愧是夜巴黎，愈"夜"愈精彩。

越吃越累，越累越困，柴小战发誓他再也不吃三星了，直到甜品上来，配合上 1975 年的滴金，才使得柴小战勉强醒了过来。

甜品是对全套法餐的总结，也是对今晚味蕾最后的挑战，Le Cinq 的甜品，让甜更复杂、更华丽、更深邃，这是他们在其他餐厅从未体会过的。

饭后三个人都准备乖乖休息，就连迪姐也破例为勃艮第之旅休战一晚，乖乖回家了。

第二天一早，迪姐租了辆宝马 X5，车的空间很大足够放三个人行李。柴小战开车，任盈菲一双长腿放在中控台上，十分养眼，让柴小战不由自主地偶尔分心欣赏。迪姐从来没试过早上起床，所以上车就睡，毫不客气。

勃艮第在法国的中部，而第戎在勃艮第的中部，从巴黎出发辗转五个小时才到第戎，沿途的田园风光，甚至比巴黎的雄伟建筑更养眼。

迪姐没有安排酒店，而是安排他们借住在朋友的大房子里，房子位于城市的中央，教堂的隔壁，是一幢三层高的法式洋房，楼下是大大的客厅和厨房，楼上有四个房间，完全够更多的人住下。

第戎是一个古老的城市，没有现代化，到处都保留着历史的痕迹。他们顺着城中心向南开，道路两旁都是葡萄田，从廉价的

Marsannay（马沙内），到硬朗的 GeveryChambertin（热夫雷－香贝丹），他们的终点就是勃艮第最核心的区域 Vosne Romanee（沃恩－罗曼尼）。

跟着导航，柴小战将车停到了一处农房边，门口也没有标识，一个年轻人出来和迪姐用法语攀谈起来，柴小战则和任盈菲手拉着手，跟着他们钻进了地下酒窖。

这酒窖小得可怜，只有几十个橡木桶堆放在小地下室里，可见产量非常有限。这个人不是庄主，只是个工作人员，他非常详细地为他们讲解酿酒的理念，迪姐一句一句地翻译。柴小战虽然是葡萄酒爱好者，但就理论知识而言，还远不能达到讨论酿酒技术的程度，只能慢慢消化着理论。那法国人并没有从桶里提酒出来，而是用瓶中的酒，给每人分了一点点，然而这一点点，彻底让柴小战震撼了。

"这也太浓郁、太甜美、太复杂了吧？这是哪块田？Richebourg（里奇堡）吗？"

"这瓶啊，就是 Vosne-Romanee（沃恩－罗曼尼）的村酒。"

"他们把村酒做成这样？疯了吧？这酒庄叫什么？"

"Domaine Bizot（碧莎酒庄），不是很出名，但是我老板非常喜欢，认为庄主做得很极致。"

"这何止是极致？这简直就是伟大，我太久没喝到这么令人感动的村酒了。"

"你可试试他们家的大村酒，一样很出色。"

"他们是怎么做到的呢？"

"他们庄主不会歧视任何一块不好的田，哪怕是 Marsannay（马沙内）也要做到极致。"

"我可以扫货吗？"

"勃艮第不是这么做生意的。你喜欢他们的酒，你可以表达喜爱，但是谈生意，他们未必会和陌生人谈。勃艮第的酒农非常爱惜羽毛，他这么用心地做酒，恐怕目的并不是卖给有钱人，而是想让酒通过进入高档餐厅、高档酒店，来提升自己品牌的魅力。"

"我给钱他都不卖？"

"一定不会卖。你给两倍的价格也没用，他们需要的不仅仅是钱，而是地位。"

"那我能怎么做？"

"我觉得你说买地，找人酿，比较适合他。庄主在种植和酿造过程中非常极致，甚至可以说是偏执，他有自己的酿造哲学。但是生产规模你也看到了，这里并没有太多田给他，如果你能买到一些顶级田，租给他，让他来酿造，或许还有谈判的机会。"

"那能不能买点儿酒？"

"可以啊柴总，我们 Legrand 是他最大的代理，你通过我们买绝对可以。"

"请把你们的存货都给我，我全要了。"

"没问题，下周送到江城。"

"未来几年的配额我都要了。"

"哈哈哈哈，这么心急吗？没问题，我们都给你了。"

"能谈谈大中华区的代理权吗？"

"我相信如果你能拿出方案，他会愿意和你谈的。"

没想到，到了第戎的第一站，柴小战就幸运地遇到了自己的目标。比佐的出现，颠覆了他对勃艮第体系的认识。传统的酒庄，在勃艮第分级制度下，风土的优越性远超过一切。但勒罗伊、比佐、鲁米耶这些人的出现，不禁让人们怀疑，风土的传统由来已久，特级田、一级田、村级、大村级，一环套一环，但按照今天比佐所展现出来的实力，村酒碾压其他酒庄的特级田酒，这算什么？逆天改命吗？

勃艮第很多一级田的风土远超特级田，好像 Chambolle Musigny（香波-慕西尼）的爱侣园，远比大部分特级田要好，白葡萄酒制霸天下的 Mersault（默尔索）村，甚至没有特级田。这不是逆天改命，而是更深入地理解勃艮第的风土，不被等级制度所迷惑，这必将开启勃艮第新的模式，把低等级的田做到极致，让特级田无路可走。

从初时的震惊，到后来的颠覆，即便已经出了比佐家大门，柴小战依旧在问自己，来勃艮第到底是为了什么？

刚开始准备行程，他心里想的是去 DRC（罗曼尼·康帝酒庄），去 Leroy（勒桦酒庄），去 Laflaive（拉佛格酒庄），去 Roumier（卢米酒庄），而从来没想过会遇到比佐。

"迪姐，除了比佐，还有哪家是你老板特别看好的？"

"另外两家在 Mersault 村，可以一起去参观。"

晚饭约的 Bistro，鉴于柴小战在巴黎的三星经历，他强烈要求迪姐带他俩吃点儿接地气的美食。

别小看 Bistro，这家的老板是出身于三星餐厅的大厨，后来他出来创业开的小酒馆，菜全是地道的勃艮第小吃，各家庄主都把自己的配额给到了这家小酒馆。庄主们也都是凡人，老吃大餐谁都受不了，但是能像 Bistro 把勃艮第小吃做到极致，大道至简，恐怕也不是容易的事。

相比之下这家餐厅的酒单就实惠多了，就算是 Armand Rousseau 的 Chambertin（阿曼·卢梭父子酒庄香贝丹干红葡萄酒），也只要 200 欧元一瓶，柴小战还颇为心动地想把存货都开了，但是被迪姐制止了。既然来到勃艮第，不如让 Sommelier[①] 推荐一些有意思的酒。

三个人喝到最后，仍然以柴小战"时差"突袭结束。还剩下大半瓶。

第二天一早，教堂的钟声把柴小战和任盈菲吵醒，而迪姐仍然像听不到一样呼呼大睡。

第戎的小咖啡馆，早上有些已经开门了，一杯咖啡，一个刚刚出炉的牛角包，几片冷冻火腿，就是法国农村的一顿早餐。吃着早餐，柴小战顺便把昨晚的酒喝掉。昨晚时间太短，完全不够 Armand Rousseau（阿曼·卢梭父子酒庄）的表现时间，而早上喝，柴小战的味蕾再次被颠覆了，深邃的甜美与力量相结合，环环相扣，让他的眼睛都有些湿润了。

两个人吃完早餐，带了一份给迪姐，随后三人收拾收拾，开始了新的行程。

---

① 侍酒士。

第二十九章 勃艮地主

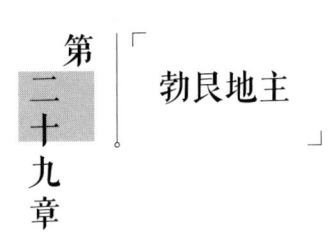

三人拜访了 Mersault（默尔索）村，这一看就是有钱人的村子，家家户户都是高门大户，村中心的教堂也很气派。

喜欢喝白葡萄酒的人，喝到最后，一般都是在喝 Mersault（默尔索）和 Montrachet（蒙哈榭），毫无例外。

这次没约 Coche Dury（科奇酒庄），没有约 Lafon（拉芳酒庄），而是约了 Roulot（芙萝酒庄）和 Arnaud Ente（阿诺恩特酒庄）。

这两家的酒都很便宜，几十欧元就能买到，在大中华区也有代理商，但是卖得都不好。Roulot 的风格是还原，极致地还原，本身在法国小有名气，但是还没出名。Ente 更便宜些，但是风格更像 Coche Dury，极致地复杂，需要更长的窖藏时间才能喝。

这两家的共通之处在于，都是庄主和老婆亲自下地干活，所以每个人都晒得通红。庄主太太接待他们的时候也"哭诉"，他们每天早上五点起床,趁太阳还没升起来,就要下地干活,做到中午扛不住才回来休息,晚上八点天还没黑就要赶紧睡觉,不然第二天就不能起来干活了。

庄主和农民没有什么区别,所以大家都喊庄主"农民头"。

"如果我买地给他们做,他们要怎么付租金?"

"你可以和他们谈分成,比如今年酿了100瓶酒,你拿50瓶,他们拿50瓶。"

"我要是买Montrachet(蒙哈榭)给他们酿,我拿50%会不会亏啊?"

"你不能这么想,你给得少了,他们付出多了,慢慢他们就不想倾注心血了,酒的品质就会下降。"

"那还是品质优先吧。"

"西方人的思维是大家平等,尤其是勃艮第,你有钱并不代表你有优势,反而能酿出好酒的人,会更有谈判筹码。"

"那你帮我问问中介,我可以买哪些地。"

"我老板帮你问了,Montrachet有一公顷在卖,但地主明确表示,不卖给外国人。这并不是歧视,而是他们认为把Montrachet卖给外国人,会对本地造成威胁。"

"那怎么办?"

"你买点儿没人要的可能还行,但是想买特级田暂时没有好的办法。"

原本想着来当地主的,现在却成了度假游,柴小战精心规划的葡萄酒版图，才刚开始就碰了一鼻子灰。

"他开价多少？"

"2000 万欧元。"

"相当于将近 2 亿人民币，这么贵？一公顷也就能生产 5000 瓶酒，如果给 Bizot（碧莎酒庄）酿的话，估计出厂价可能只有 100 欧元，也就是我的收益是每年 25 万欧元。2 亿的开支，对照 250 万的年收入，1.25% 的年回报，这也太惨了吧。"

"亲爱的，我觉得账不能这么算。"任盈菲否定了柴小战的思路，她毕竟是李若楠的宝贝闺女，房地产她再熟悉不过了，"首先，你要考虑 Montrachet 的地会不会再涨，如果按照你的预期，中国的新生富豪会加入葡萄酒的收藏，那么地价一定会涨。除了这部分收益，你分到的 2500 瓶，并不能按照出厂价来计算，而是应该按照拍卖会的价格来计算。如果未来 Bizot 能出名，他的 Montrachet 的价格可能要卖 1 万一瓶，甚至更贵。我不太懂你们葡萄酒，但是按照你说的伟大、你说的神话程度，就算没有 DRC 卖得贵，但也应该是过万的酒。如果你每年的收入是 250 万，地价还在持续升值，你觉得这个生意能不能做？"

"你会不会过于乐观地估计？"

"那你昨天在人家酒窖里，呼天喊地地说牛，合着是骗我的？"

"确实牛。"

"那就买。"

"人家不卖外国人。"

"找法国人代持,你问问律师,这点儿事都处理不了,还创建什么葡萄酒帝国,我看你要演商战片,都活不过第一集。"

"我老婆这么漂亮,负责美丽就好了,没想到还要替我操心。"

"你钱准备好了吗,就在这儿大呼小叫的?"

"也是,回江城筹够钱了再谈。"

听了任盈菲的一席话,柴小战顿时心安了。

"你做事情别老想着这么简单,你先想想 Bizot 愿不愿意帮你做酒,你再想想投资人愿不愿相信你对 Bizot 的判断。钱拿到手了,你怎么把钱弄到法国?欧盟国家对现金看得很紧,买房子的钱都要提供纳税证明,何况你买的是 Montrachet,你还是先和律师沟通好吧。"

柴小战点了点头,初来乍到,他光想着怎么做生意,实在是把做生意看得过于简单了。

"柴总,咱们回巴黎要不要顺道去香槟住一晚?"

"可以啊,我想喝 Seloss(瑟洛斯)!"

"没问题,我们 Legrand 是他们家大代理,咱们住他们家就行。"

车刚到 Selosee[①] 家,柴小战的电话就响了,是江城的号码。"小柴,你们在哪儿玩呢?"

"姐,是你吗?"

电话那头儿居然是李若楠,任盈菲听到柴小战一句"姐",整个人绷紧了神经,眼泪啪嗒啪嗒地掉了下来。"是我,我到江城了,你

---

① 人名,瑟瑞娜。

们哪天回家啊?"

"现在就回家,您等我们。"

"你把电话给菲菲。"

任盈菲本来就掉着眼泪,拿到电话更是"哇"的一声哭了出来。李若楠一边安抚,任盈菲一边点头,柴小战则猛踩油门往机场开。

"迪姐,抱歉,家里人刚到江城,我们要飞回去。"

"没事,反正我也带着行李呢,要不咱们一起飞?"

"真的啊,你去江城玩吗?"

"我本来就计划去江城,我在那边有很多大客户,需要他们请我吃饭喝酒。"

"不是你的客户吗?为什么请你吃饭喝酒?"

"和有钱人做生意呢,你请不起他们吃喝,就安心听他们安排就行了。把服务做好,让他们少操心,多喝酒,开心就完事儿了。"

"那我请你蹦迪。"

"别逗了,国内蹦迪我比你熟。我还有不少存酒呢!"

"哈哈哈,那确实是,很多地方我听都没听过,打工的时候去不起,赚钱后就有老婆了,没机会。"

"你们年轻人,不要太保守,夜店是好地方,蹦迪消除焦虑。"

"老司机,带我飞。"

三个年轻人有说有笑地一路回到了江城。

李若楠和司机老王在机场等着他们,任盈菲见到李若楠之后搂着又哭又笑地搞了好一阵,这才上车。

在车上,任盈菲絮絮叨叨地说着这些日子的经历,本来是柴小战来汇报工作进展的，但任盈菲叽叽喳喳地全都说了，当她说到买地的时候，李若楠听得格外认真，也默默地在心里盘算着。

"小柴，你明天去找下海蒂，帮我上市的律师，你让她帮你研究下怎么用上市公司的钱买勃艮第的地。2亿小打小闹的不行，我给你20亿，你看看花不花得出去，反正资产装进来，上市公司有钱了，总不能都买国内的地，境外资产也需要考虑配置。"

柴小战转头问迪姐："迪姐，麻烦你再让你老板帮着问问，现在还有谁在卖地。"

"波尔多考虑吗？比较大，也有很多酒庄在卖。"

"波尔多就是个坑，谁进谁死。"

"勃艮第地少破事儿多，你还净挑特级田，我看是很难。"

李若楠这时候插话了："迪姐，给你添麻烦了。"

"别别别，阿姨，您叫我小迪就行。"

"阿姨做了一辈子房地产，非常清楚稀缺才是房地产最值得投资的价值所在，你刚才说勃艮第地少，破事儿多，那我们还就真得要买。"

"行，我和我老板商量下，让他帮您找，他在勃艮第人脉很广。"

"小柴、菲菲，你们记住了，房地产不仅仅是房地产，也是金融，你们算的账不对。如果我说可以找银行配10倍杠杆买地，或者用公司发欧元债买地，都不用自己的钱去买，坐享升值，你们觉得怎么样？"

大佬毕竟是大佬，李若楠一招空手套白狼，让柴小战听得心悦诚服。

第三十章 苦尽甘来

车开往东半山的豪宅，李若楠好久没回家了，就连任盈菲也都好久没有回到这处住所了。

晚饭她约了高兴，感谢她在如此困难的时期照顾了两个孩子。

其实李若楠在这段时间并没有吃苦，甚至，可以算得上是疗养，只是在酒店里被监视居住而已，陪同她的工作人员也很客气。毕竟是山城知名企业家，上面给的任务也没有特别明确的方向，所以，工作人员每天只是例行询问些问题。

整个事件暗中解决得还算顺利，但媒体层面并没有大肆宣扬，相关幕后黑手已然下台，李若楠的"隐藏"也就解除了。

"李总，那你以后就常驻江城吧，别回去了，江城比较安全。孩子们也都在这里发展得不错，你是时候考虑企业交接班的问题了。"

"山城也很安全，就是近期不去山城了，山城的形势很微妙，估计还需要一个阶段的整顿。中国那么大，一线城市那么多，还有大量的二线城市，山城既然要暂停一下，那我就去其他地方看看。"

"小柴这个孩子很好，把菲菲照顾得很好，也在学习做生意。他对葡萄酒的分析很透彻，虽然还没有人做，但是他可以先尝试，与我们手里这些资源也很匹配，能帮就帮。"

"他说的勃艮第的土地很有意思，我发现买地比囤酒更直接，而且还能上杠杆，银行我很熟，券商你更熟，你们可以帮我发债，完全可以用市场上的钱去做，收益全都进自己口袋，何乐而不为呢。"

"李总你思维真是敏锐，买资产也买到源头，发欧元债很容易，江城是中国发外汇债的桥头堡，我帮你做。"

"刚才问了我们的独董，他是投行著名的投资家，他说不仅仅我在买，国际保险巨头、美国地产商、法国奢侈品集团，都在勃艮第布局买地，他们都看好的项目，我更不用分析了，杀进去再说。"

"小柴，你的计划我听了，地我来买，运营管理权交给你，你负责把酒的口碑做起来。至于囤酒的基金，那个太麻烦了，地你都有了，还囤什么酒？不如问问 Legrand 卖不卖，他们要肯卖，你拿过来不就好了，库存都是你的。"

李若楠就是李若楠，企业家的思维高度就是买，而不是搭建。搭建一个平台太慢了，周期长且艰险，买过来，做资源整合，收益远比创业来得快，这也是资本的优势。

酒过三巡，高兴突然神秘地凑进柴小战，说："跟你说个好消息，老肖宣告破产了，咱们那一仗，打得漂亮！他现在是被执行人，扣在国内插翅难逃，天天被人追债。"

虽然是期盼已久的事情，但是真正听到消息的这一刻，柴小战的心中已经波澜不惊了。经历了那么多的事情之后，对于肖福庆，他已然没有了当初的执念，也理解了父亲当年的"认输"。一个人最大的敌人，往往不是周遭的危机，真正能让自己败下阵来的，永远都是自己的贪欲。

李若楠趁任盈菲去洗手间的工夫，笑眯眯地看着柴小战："啥时候把姐变成妈啊？我可等着呢！"

柴小战也是比之前机灵了很多，眼睛一转："妈，您放心，我会对菲菲好的。您觉得什么时候好，我随时都准备好了。"

李若楠这次被"隐藏"，没有了自由，很多时候也担心是否还能出得来，她唯一惦记的就是这个宝贝女儿。还好有小柴陪着她吃吃喝喝，不然自己真不知道日子怎么熬下去。工作人员不停地给她提供任盈菲的信息，听到这些信息，李若楠既安心，又担心。担心的是，他们对女儿的信息了如指掌，这是一种威胁。

"你俩可以先生孩子，再考虑婚姻，人生未必需要循规蹈矩，我看人家西方人都是先生孩子才考虑婚姻的。"

高兴听了"噗"的一下，酒都喷出来了："哪有你这么当妈的？你想要孩子，菲菲可还没答应呢，西方人那也是尊重孩子的意愿。你要想抱娃，我给你介绍个机构，看看还能不能生，别把自己的意愿强加在孩子头上。"

柴小战站出来解围："妈，干妈，你们给我点儿时间准备准备，您二老负责喝酒就行,这是我该操心的事儿。"

任盈菲从洗手间出来,就看到这三个人不知在密谋些什么,都一脸"不怀好意"地看着她,任盈菲不明就里,但也猜到了一二,"唰"的一下,脸就红了。

李若楠难得敞开喝一顿,高兴也是兴致高昂,反倒是任盈菲不胜酒力,先被柴小战扶进房间休息了。

"你怎么看小柴?"李若楠问高兴。

"男人,最重要的是责任心,在我接触的男孩子里,小柴的责任心很重,对菲菲处处保护,对自己的老板处处保护,这种责任心是男孩子中少见的。"

"咱俩见过的男人太多了,有钱的,没钱的,长得帅的,有才华的,这些都是吸引人的优点,但都不是维持夫妻幸福生活的因素,唯有共同成长、共同付出责任心,才是婚姻的核心。他俩能过好自己的小日子就行,我也不指望他真能做多大生意。"

"我看小柴野心不小,他的规划详细缜密,环环相扣,只不过离成熟还差了些,毕竟还年轻,还有成长空间。"

"我女儿这一辈子就嫁他了?不再看看了?"

"咱们女人,要活得通透,又不是靠男人活着。你自己过不也挺好,要不要我介绍点儿小鲜肉给你,江城很多小男生很会哄女人的。"

"哈哈哈,我这个人太霸道了,自己活得挺开心,你找大明星来,我都未必能容得下。"

两个女强人毫无醉意,四个人,八瓶茅台,愣是没人倒下。最后李若楠送高兴上车,突然想起来柴小战送女儿进房间就再也没出来,她笑着摇了摇头,回到房间休息了。

李若楠回想她这一生,多帮人,不害人,是自己的底线,未曾想过自己会有牢狱之灾。自己原本只是一名普通工人,因为工作努力认真,技术上肯钻研,业务上肯拼命,年纪轻轻就被组织上信任,成为厂长。改革浪潮后,被员工们信任,推举为董事长。之后又被政府信任,开发土地,做大做强,一步一步走到今天,没有走过任何捷径。

如今,上万名员工,无数的项目,如果自己真的出了点儿问题,谁来接班?自己下面的几个副总,谁都不服谁,每一个人都有自己的势力范围和业务圈地,如果不是我坐在这个位子上,谁能镇得住他们这些老臣子?菲菲能吗?她这么年轻,这么柔弱,我是不是该把她放在外面锻炼锻炼,而不是放在自己公司里?安全是够安全,但是锻炼不了人。

如果小柴和菲菲在一起,以后让他参与公司管治吗?他或许有这个能力,但未必有这个资历。资历不够,仍是管不住这么大的公司。如果他有了这么多钱,又掌管着千亿的公司、上万人的命运,会不会对菲菲变心,会不会在外面多找几个老婆?权财名色,有一样已经很幸运了,有两样几乎是人生的巅峰了,如果有三样,那么离出事就不远了,如果四样占全……历史上,没有一个拥有这四样的人有好结果。

人,还是要学会好自为之。

李若楠越想越多,脑子越来越乱,再也扛不住酒劲儿,靠在床头睡着了。

第三十一章 解疑释惑

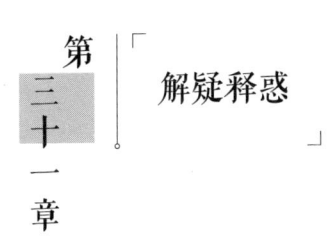

江城，中环，全世界最贵的律师，有一部分在这里办公。他们支付着全世界最贵的租金，收着最贵的律师费。

这些全球大律所通常都会忽略自己的国家属性，方便为全世界各色人等服务。只要你付得起律师费，政要、皇室、富豪的生意他们会做，黑社会、灰色产业甚至罪犯的生意也会做，这些人惹的麻烦，远比正常人多得多。

2002年，某富豪小姐和她的公公争夺遗产，历时11个月，两人花了6亿律师费才打完官司。只要打官司能获得更大的利益，这点儿律师费，在她的眼中非常值得。

这些律师是按照小时收费的，李若楠推荐的海蒂，第一次聊天免费，之后的收费是6000块每小时。

海蒂看上去三十几岁，但实际年龄更大一些，李若楠看上她的优点，就是心细路子野。作为一个律师，如果你什么事情都推回给客户，总说难处，不提解决方案，就不配做一名律师。律师的职责，就是帮客户处理问题、解决问题，在法律框架内可以解决的，就用法律解决，法律无法解决的，也要想别的办法解决，这就是律师的价值所在。

海蒂听了柴小战的描述之后，也听了迪姐关于勃艮第的描述："我认为没有什么难度，你只需要选田就可以了。你来之前，我已经给巴黎律所发了邮件，让他们安排熟悉勃艮第土地买卖的律师来做，我们的律师就是在勃艮第出生长大的，对当地农民非常熟悉。我们律所也承接了国际巨头保险公司在法国及葡萄牙的酒庄收购。Domaine de L'Arlot（德拉尔劳酒庄）的收购就是我们做的，还帮酒庄购买了 Vosne Romanee Les Suchots（沃恩－罗曼尼苏格园）和 Romanee Saint Vivant（罗曼尼－圣维旺）两块很好的田。"

"可以卖给外国人？我的钱在江城，不在欧盟也没问题？"

"柴总，你放心，我们律师就是吃这碗饭的，他们不愿意卖给外国人，我们就想办法说服他们卖给外国人，办法无非是帮他们解决些需求。如果他们有子女，我们就安排他们的子女入读名校；如果他们的酒想进巴黎的酒店和米其林餐厅，我们就说服我们的客户采购他们的酒进入这些高档场所。我们会动用我们在巴黎的所有力量来达成交易。再不行，我们就设立一个巴黎的家族办公室，公司和钱都是法国的，实际拥有者藏在后面，他看不到。我们一家巴黎的公司想买勃艮第的地，总不违反他们的传统吧？至于怎么买、怎么付款,这些交给我处理就好了,您心目中有没有什么想要的地?"

"市场上现在有的 Montrachet,我肯定是要的,只要价格在合理范围,我都可以考虑。如果有些独立田,比如 La Romanne,他们卖贵点儿我也可以考虑,毕竟稀缺度决定了市场价格,越稀缺越值得买。Mersault 村我只要 Charmes(沙尔姆)和 Perrieres(佩丽雷园)这两块顶级的一级田。"

"没问题,我这几天让巴黎同事整理个清单给你,你确定只要田不要酒庄?"

"确定。我拿了酒庄会有运营压力,而且好的酿酒师只为自己工作,不会为别人工作。只有像 Bizot 这样专注的人,才会把酒做到极致。我买地,他耕种、酿酒,我们共同分享成果,这才是最佳的合作模式。"

"没问题,这个您是专家。另外,我多问一句,您需要银行贷款吗?"

"银行贷款你们也能搞定?"

"李董事长的关系肯定比我们硬,但是我们在巴黎可以帮你找到更便宜的贷款,而且巴黎的银行会比江城的银行更看得懂勃艮第土地的价值。您考虑吗?"

"那太好了。我选完地,你问问银行可以做什么配套,只要尽量少地占用自有资金,获得优质资产,风险把控好就行。"

海蒂讲解得极为干练细致,没有废话,把柴小战所有的担忧都解决了。柴小战回想当时在勃艮第的惆怅,以及被任盈菲当头棒喝的感觉，忽然觉得大家庭出来的孩子确实比自己有见识。

海蒂擅长的领域就是买各种资产。买上市公司，买飞机游艇，在完成法律范畴工作之余，还能做好相应的金融配套，这就是她作为律师的价值。

解决了地的问题，剩下的就是酿的问题。迪姐满口答应，只要你有地，就不愁没人愿意合作。柴小战葡萄酒帝国的第一块版图，也是最重的核心板图，已经成形。

做任何生意，首先要考虑的是核心竞争力，而核心竞争力绝对不是钱。很多"富二代"创业，最多的就是开间餐厅，他们觉得自己吃得够多了，品位很独特，就开家餐厅，殊不知餐厅这玩意儿是生意里最复杂的。服务员是个圈子，收银管理是个圈子，后厨又是个圈子，没多大点儿的地方，三个圈子互相不服气、互相催促、互相埋怨，时间长了，"富二代"们就会发现，自己在的时候是一个水准，自己不在的时候又是另一个水准。餐饮，是非常复杂的经营管理模式，没有强大的管理能力，最后的结果就是散伙。

手里有了勃艮第的土地，这已经是硬得不能再硬的核心竞争力了。除了地，李若楠提过一嘴，Legrand 卖不卖？

"迪姐，那天董事长也提过，不如当着海蒂的面一起聊聊，你们 Legrand 考不考虑出售部分股份呢？"

"柴总，我老板确实提过，他年纪不小了，也想多陪陪老婆，出去走走，看看世界。但是现在全球经济这么差，他也担心价格卖不高。"

"柴总，迪姐，我们巴黎律所的律师可以先和审计师一起去跟你老板谈谈，然后清点一下仓储，我们可以做一个报价给你老板作为参考。如果他觉得价格合理，我们就继续谈下去。"

"迪姐，说实话我们想过买Legrand，我倾向做线上电商，这样可以减少对租金和人工的开支。但你们Legrand的销售价格太低了，远低于市场价卖给VIP，这不符合商业逻辑。"

"柴总，你说得太对了，我们卖得太便宜了，法国人不想赚快钱，只想慢慢地做，慢慢地赚，好卖的酒卖得很快，基本上报价出来所有人都来抢。但是不好卖的酒，是真的难卖，不仅占用资金成本，还占库存，这也是我老板不想做下去的原因。"

"说实话，好卖的酒，你存着，过几年还升值，真没必要急着卖。反而是不好卖的酒，赶紧出手。如果我能买下Legrand，会提议把酒的价格做上来。酒不是卖得越便宜，庄主越开心。把他们的酒卖得越贵，越多人追捧，才是我们该做的事情。"

"对呀，你能把酒卖得越来越贵，庄主在当地的声誉和地位都会有很大提升，这才是他们乐于见到的事情。"

"柴总，买卖的事情你交给我们律所就好了，我们会努力促成交易。您进入葡萄酒界的决心很大呀！其他的老板都是买酒，您上来就买勃艮第最核心的地和巴黎最知名的酒商，以后我们中国人在葡萄酒界的话语权就会越来越重。您以后带着话语权和技术再回到中国建酒庄，让我们中国也能酿出世界顶级的葡萄酒。"

中国一定会有世界顶级的酒庄，在宁夏、在新疆、在山东、在云南香格里拉。

第三十二章 「山盟海誓」

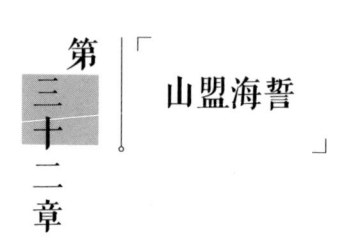

自从李若楠回家，任盈菲天天陪着她。柴小战忙得昏天黑地，到处联系，法国那边进展很顺利，柴小战还张罗着带李若楠去日本度假。任盈菲一听说去日本，自然也是开心得蹦蹦跳跳，不过这次的目的地不是东京，而是京都。

京都是日本曾经的首都，天皇居住的地方，世界文化遗产最多的城市，也是日本最受欢迎的旅游城市。京都的四季，春季赏樱花，夏季赏溪水，秋季赏枫叶，冬季赏雪。春季和秋季最美，酒店的价格也是这两个时间节点最贵，是淡季的两倍。不仅价格贵，好的酒店需要提早半年就开始预订，尤其是周末的时间，全日本的游客都会涌到京都度周末。

既然组织李若楠和高兴两位商界大佬出游，柴小战自然不敢懈怠。从机票，到接机，再到酒店入住，早中晚加夜宵四餐的安排，以及旅游景点的参观与讲解，司机的时间安排，下午茶歇的选择，每一个细节都不能放过，只有让各位长辈满意，他才能把漂亮的老婆娶回家。

日本京都，一条小溪旁，昏暗的灯光下，一个高挑的妙龄女子和瘦高的大男孩，沿着小溪，来回寻觅了好几次。

"菲菲，没错啊，地图上就是这么显示的。"

"柴哥，你要不要找路人问问？"

"这边的人都不会讲英语，怎么问啊？"

小溪旁的这条街道都是民居，倒是有一户民居不太一样，门前左下角摆了个小小的纸灯笼，任盈菲和柴小战走近蹲下，才看到小小灯笼的右下角，写着小小的"铃江"两个字。

这太坑人了，低调也不能低调到找不到啊，这就是传说中日本的割煮料理。

老板就是主厨，里里外外地忙活，虽然英语也不太行，但是胜在热情。日语夹杂着英语，他还专门拿了本介绍鱼类的中文科普图录给这对情侣讲解。所有的食材都是当季顶级的，烹饪也非常用心，尽量用传统的方式来表达食材原本的味道，就连最后的大寿司，也是偏关西风格的大片鱼肉，非常肥美。红身鱼用的是金枪鱼大腹，肥美很正常，但是白身鱼也能选到肥美的部位，用的是超过五公斤的鰤鱼的大腹，这只有通过很好的渔民关系才能买到，非常难得。

不仅餐做得好，这里的餐具更是用上了古董。老板特意叫两人吃完了食物，看看盘子的底部，上面写着"大明成化年制"六个大字。两人也不懂古董,但一听说这是接近五百年的老玩意儿,就赶紧轻轻放下,毕竟饭钱已经不便宜了,不能再赔个碗。

"明天下午咱们去二条城,陪董事长还有干妈一起,大家约定好了一起穿和服拍照,吃完午饭就有人来房间给咱们换衣服。"

"哇,这么隆重?我看人家的博客,都是去和服店里换,原来还有上门服务啊!"

"你不是懒吗?所以我就多给人家点儿钱,让人家上门服务。"

"谢谢老公。来,我喂老公吃寿司。"

"别,我也吃不动了,你不会是吃不下了吧?"

"快张嘴,堵住你的胡思乱想。"

第二天中午,酒店里来了三个日本女孩帮任盈菲换衣服、化妆、做头发、插头饰。任盈菲一看这个阵仗也不闹着去吃拉面了,老老实实地坐在梳妆台前吃房餐。

"不就是换身和服拍照嘛,用得着这么隆重吗?"

"这公司有个套餐,和服加化妆加发型设计,我想反正是要一起拍照,干脆都让人家弄了吧。"

"我看他们怎么拿了这么多衣服啊,一共穿三层,好麻烦。"

"我怕你冷,让他们多加了几层。"

任盈菲站在客厅,三个工作人员帮她穿衣服,大红色的和服,绣着白鹤,而柴小战的衣服就简单多了,黑色的和服,旧武士风格。

出了酒店,上了车,开到了二条城,迎接两人的是一条红毯,红毯的另一头是一辆传统的人力车,人力车夫点头哈腰地邀请两人上车，居然还有跟车的摄影和摄像，柴小战安排得可真够仔细的。

任盈菲的仙气，配上大红色美丽的和服，就好像传说中的仙女一样。但衣服绑得太紧，下摆裹住部分小腿，任盈菲只能学日本女孩一样，一路小碎步向前进。

二条城的游客发现了这对情侣，镜头对准了两人也是一通猛拍，甚至还有大妈站在车前抢着合照，任盈菲也笑得合不拢嘴。

二条城始建于1603年，由德川家族兴建，是京都重要的世界文化遗产，由于占地面积大，城内各种景点众多，游客并不密集，很适合拍照。两人坐着人力车，沿着主路徐徐前进，到一处别院时停了下来，门前立了个牌子，用日语写了一大串文字，两人都不懂日语，只看得懂"柴样，任样"，这处别院像是两人包场。

迎面而来的姚秋秋，也穿了一身和服，不过并没有抢风头，只穿了身淡粉色，笑着迎两人进了庭院。庭院里站满了人，除了李若楠和高兴，楚晓涵和林富礼也穿着和服迎接他们，更神奇的是，任盈菲比较要好的小学同学、初中同学、高中同学、刚工作时候的同事、江城的闺蜜，都在现场。

今天到底是什么情况？

任盈菲惊奇地看着柴小战，而这位大男孩神秘地笑笑，没说话。

两人分别和自己的朋友们寒暄，大家大部分许久没见，柴小战安排得极为巧妙，除了两位妈妈配对之外，任盈菲的女朋友们六位，再加上姚秋秋，也配了七位男生朋友，聊着聊着，十六个年轻人就打成了一片。大家边喝茶、边欣赏庭院内的景观，两位跟拍也捕捉

第三十二章　山盟海誓

着众人细微的神态。

不一会儿,一位日本传统司仪走进来和柴小战耳语,柴小战组织大家,十八人,分九对,两两排一排,跟着柴小战和任盈菲鱼贯入场。

任盈菲一头雾水:"今天是什么活动?我怎么感觉大家都知道点儿什么,就我不知道?"

"你跟着流程走就完了,董事长和干妈开心着呢!"

"呵呵,我看你前女友不怎么开心,强颜欢笑着呢,你还不赶紧去哄哄。"

柴小战狠狠地掐了任盈菲的屁股一下,两人身后的李若楠和高兴看了,也偷偷地坏笑。

现场不仅有司仪领队,还有奏乐。吹拉弹奏的乐器,都是老古董,声音古朴又隆重,楚晓涵嘀咕了一句:"怎么听着像办丧事啊?"

司仪领着众人入场,只有柴小战和任盈菲被领到了草坪中央,其余人分两排坐好,众人都目光炯炯地看着如天上仙子一样的任盈菲,看得仙女脸颊有一抹羞涩的粉红。

司仪用英语说了一通,任盈菲这才听懂,门口的门牌上,写的是游客止步。今天是柴先生和任小姐的包场婚礼。

柴小战一听到英语,就知道露馅儿了,只好冲任盈菲吐吐舌头,任盈菲看人太多,也不好说什么,只是恶狠狠地盯着柴小战,那意思是"你等着,回去再跟你算账!"。

司仪一通祝福，然后开始走流程，端了一大碗水，递给两人。两人一同喝掉一碗水，就代表两人同心，白头偕老。

这碗水足足有二斤，任盈菲努力喝小半碗，剩下大半碗交给柴小战解决。两人同心协力才能做完的事，结果，任盈菲只浅浅地抿了一口，柴小战都看傻了，二斤水怎么喝？

任盈菲坏笑着看着柴小战，众目睽睽之下，媳妇儿还没娶回家，不能在喝水这事儿上掉链子啊！柴小战闭着眼，分了好几口才喝完二斤水，喝得肚子都已经凸出来了。

司仪看两人终于把水喝完，这才将话筒交给柴小战，让他发言。"非常感谢大家抽出时间来参加我们今天的活动，各位从京城、山城、纽约、江城各地专程飞来，足以证明了我们的友谊和亲情。今天不是婚礼，菲菲你不要紧张，我只是借二条城宝地，借日本朋友们的服务，正式向我女朋友——任盈菲小姐，表白。"

场下一片嘘声，甚是不满，大家原以为是求婚，谁知道只是表白。

"我知道各位的心情，也知道长辈们对我们的期许，但是，人生路漫漫，前行不必着急。我还没有正式地和菲菲表白过，就贸然地求婚、结婚，这不是一个负责任的行为。我希望我和菲菲的感情是热烈的，同时也是持久的。"

这时，台下的众人才纷纷地点了点头，任盈菲也稍微松了口气，倒是李若楠颇为有些失望，而楚晓涵神秘地笑了笑。

她太了解任盈菲了，这位仙子的性格是慢热，绝对不是头脑发热那类。对于柴小战来说，心急吃不了热豆腐，必须慢慢地，走进心里，走进灵魂里，给任盈菲时间，让她愿意把余生交给他。

"第一次见到菲菲，我和各位一样，被她惊艳到了，世间原来真有这样的女孩子，漂亮、文静、可爱、优雅，世上最好的词汇用在她身上，都不足以形容她的美丽。如果她生在古代，一定是祸国殃民的"狐媚子"，惹得帝王冲冠一怒为红颜，被文官们恶狠狠地写进历史，钉在耻辱柱上。"

台下一片哄笑，任盈菲也笑得合不拢嘴，这傻小子胡说八道些什么呢？

"各位，这样的女孩子，我怎么敢有非分之想？癞蛤蟆想吃天鹅肉都不足以形容我俩之间的差距，我这是癞蛤蟆想吃嫦娥，根本不在一个星球上。我们曾经是同事，也曾经是上下级关系，我做过她的领导，虽然也想潜规则她，但没那个实力，你们懂的，我也是给董事长打工的。"

台下又是一片哄笑，把李若楠也逗乐了。

"我人生的转折是遇到我干妈，全江城金融圈的一姐。后来又遇到了我未来的妈妈，李若楠董事长，两位妈妈完全没有嫌弃我社会底层的身份，不断地教育我、栽培我、批评我、帮助我，让我知道了，什么是企业家的品质，什么是企业家的气质，以帮助别人为自己的使命，让我一个没见过世面的小屁孩儿，一跃成为江城'还算说得过去'的青年，我发自内心地感谢两位，没有你们，就没有我追求任盈菲的基础，是你们让我有追求她的底气。"

这下连高兴都被逗得合不拢嘴了:"这孩子,可真会捧人。"

"菲菲,我从一个暗恋你的癞蛤蟆,慢慢成为你的同事、你的男闺蜜,这是两位妈妈给我的机会。但是,这里面更重要的,不是别人的帮忙,而是我一颗赤诚的、爱你的心。我们人生会遇到各种爱,母爱、父爱、友爱,唯独对伴侣的爱,可能来得猝不及防。我不知道你是哪天爱上我的,但我深深地知道,第一次见面,我以为你只是个小秘书,有了些非分之想,但知道真相之后,还是忍不住地爱你。我知道为时已晚,情不知所起,一往而深。我中了你的毒,每天就是想你,看你的照片,看你的短信,哪怕你发个'滚',我都能看一晚上。"

任盈菲笑了全场,唯独这时候,眼角有些湿润,但她仍然不服气地说了句:"傻瓜。"

"我们在一起之后的每一天,每一秒钟,都是我人生最快乐的时光。我们从来没分开过,每天都腻在一起,我负责逗你开心、哄你、开解你,你负责骂我、挤对我、逼我吃你吃不下的寿司。我何德何能,拯救过多少星球,才能换来你和我的短暂时光。我今天邀请各位,见证我对任盈菲小姐的爱,我要持续地追求她、爱护她,让她成为世界上最幸福的仙女。"

这时候,任盈菲已经哭得稀里哗啦了,李若楠也是老泪纵横,众人的掌声经久不息,就连姚秋秋也不知道是气的,还是感动的,也哭得梨花带雨。

"各位,最后一件事,今晚,我请大家吃饭,我要当众向任盈菲小姐求婚，希望各位能做次见证人。"

  任盈菲哭一半，乍听到求婚，突然破啼为笑，若是柴小战贸然求婚，自己还真不知道怎么接这个话，她确实是没想好婚姻的事情，只想享受甜美的爱情，但如今都这个节奏了，晚上定然不会拒绝柴小战。

  任盈菲突然想起来，柴小战什么时候这么聪明过啊。她猛然反应过来，恶狠狠地看向楚晓涵，肯定是这个坏老师教的！这个高智商女流氓则一脸坏笑地看着任盈菲，比了个心。

  高兴和李若楠相视一笑："现在的年轻人，套路太深！"

尾 声

没有做梦,也没有发生任何事情,柴小战突然从沉稳的睡眠中醒来了。房间里漆黑一片,或许是因为万物都还在睡觉,四周鸦雀无声。

柴小战在黑暗中睁开眼睛,静静地躺了一会儿,恍若隔世的感觉渐渐退却。经过充足的睡眠,他的心情沉静而满足。

熟悉的六平方米的小屋,一张单人床占了房间的大部分位置,床前一张书桌,床边一个简易衣柜,这个小屋依然保持着最初的配置。

他推开门,客厅空无一人,挂钟的指针指向凌晨4点,从窗户的缝隙洒进来的微光渗进磨砂玻璃,朦朦胧胧,预示着新一天的到来。

柴小战打开窗户,清早潮湿的空气带着凉意掠过他的脸,瞬间充盈了整个房间。太阳还未升起,从窗口俯览,楼下的早餐摊已经开始升腾起袅袅蒸气,映照着远处的店铺、电线杆蒸腾起人间的烟火气。

突然,不知从哪里传来黄莺的叫声。柴小战竖起耳朵等待,过了一会儿,果然声音再次从远方传来。

黄莺不停地叫着,却不现身。柴小战就在如丝绸般薄润的雾霭中静静倾听,那声音断断续续,却格外悦耳。它好像并不是为了唱给人听,只是享受着自己的声音,愉已又自有动人之处。柴小战靠在床边,清晨的第一缕阳光照在他的身上,楼下的街道也渐起喧嚣,恢复熙攘。

柴小战回到客厅的茶几前,那瓶 Domaine Leroy Musigny Grand Cru 2000(勒桦酒庄慕西尼特级园干红葡萄酒)的酒瓶,依然摆放在茶几的正中央。

光洁的瓶身,纤尘不染。

最后一次见到老姜(比起吕大师,柴小战还是更愿意称他为老姜),是在红酒学校的成立仪式之后。已然微醺的老姜神神秘秘地将柴小战带回老宅,说要送他一份大礼。

熟悉的大玻璃杯,热水在炉灶上发出沸腾的长鸣。柴小战也有几分醉意,喋喋不休地向老姜诉说着红酒学校后续的发展和自己的规划,老姜只静静听着,不置可否。

"今天的茶怎么样?"老姜终于开了口。

柴小战突然被打断,愣了一下,才发觉茶已微凉,自己还没顾上喝，急忙举杯饮上一大口"吕大师的茶，自是好茶"。

老姜大笑："没想到柴总也学会了恭维，今日这可不是什么狮峰龙井，不过是最普通的龙井茶而已，禁不起沸水的浇盖，又搁置得有些久了，不免酸涩，又带点寡淡。"

柴小战愣了一下，端起杯子又细细品尝了一口，确实如老姜所说，只不过刚才自己太过于专注表达，没有在意，瞬间有些尴尬，一时不知如何接话。

"生意上的事情，你做主就好，我信得过你们这些年轻人，有想法，又敢实践。"

"还是得需要吕大师多多指点。"

"对了，忘了礼物。"老姜起身从橱柜中拿出一只空红酒瓶，"这是咱俩喝的第一瓶酒，我觉得你应该会想要留下它当个纪念。我年纪大了，可没有工夫再跟你们这帮小年轻折腾，我要享受人生，远离这江湖是非之地，周游世界遍尝人间酒食百味。"

"可是……"

"没什么可是，凭你的能力，处理这一切完全没有问题，只一点，有些最初的味道，别忘了。"

柴小战低头凝思，面前的大玻璃杯中，翻腾的茶叶慢慢沉入杯底……

"这个也给你了。"老姜把老宅的钥匙也放到了柴小战面前："帮我照看下这套房子，经常回来看看，人间烟火气，最抚凡人心。"

"…………"

再后来，柴小战每次回来，都会小心地将那个空红酒瓶擦拭干净。每每坐在客厅的沙发上，柴小战仍然能会想起老姜在自己的面前，对着那块巨大的佛罗伦萨"牛肉山"手起刀落的样子。在这样一个已经没有侠客的年代，那样的烹调手法让老姜的身上升腾起一股侠气，切肉的动作凌厉而舒展，身形不断变换，夹杂上纷繁的雾气，如身怀绝世武功，魔幻又轻盈。而那鲜香的汁水滑嫩的肉质，也似乎仍在唇齿之间流传，大快朵颐得酣畅淋漓，亦有几分快意恩仇的味道。

林富礼早已从老宅搬出，楚晓涵回到美国之后，林富礼就像失了魂一样。迟钝的柴小战后来才明白，某种奇妙的种子早就在林富礼的心底萌发，并且疯狂生长。好在林富礼虽然表面木讷，做起事情却毫不迟疑。凭借得天独厚的学霸属性，他毫不犹豫地递交了普林斯顿大学的申请，追逐楚晓涵而去。

照他的原话："天下之至柔，驰骋天下之至坚。"他给柴小战的翻译是：因为心中有爱，所以无往不利。而柴小战的理解是：英雄难过美人关，就算是化学骄子，也躲不过金融才女的美色物理攻击。

因为没有对口的专业，林富礼在普林斯顿的进程可谓步步维艰，一切都需从头再来。

柴小战担心他的状况，特意打了越洋电话去询问，接电话的却是楚晓涵。据楚晓涵最新传递来的消息，林富礼已然在留学生圈内风生水起，将道家思想在美利坚留学圈发扬光大，传道授业解惑，吸引了一大票拥趸。

楚晓涵的原话是:"他可比你这个三杆子打不出个屁来的榆木脑袋强多了,你完全不用担心!"

自从吕大师"消失"之后,高兴也变得神龙见首不见尾起来,似乎总是在满世界地溜达,生意上的事情她皆远程遥控姚秋秋。姚秋秋叫苦不迭,却也成长飞速,放下了纷扰的情感纠葛,她身上已经开始有了女强人的影子。

一下子失掉了两个"大军师"指点迷津,柴小战身上的压力倍增,时常也会有些孤独的感觉。遇到拿不准的决策,他就回到这一隅小天地,凝神静思,往往能获得灵光一闪的思路。

有人的地方,就有江湖,就有众生相。有江湖,就有利益,有纷争,有明争暗斗,有阴谋诡计,有是非流言。每个人在生活中都会为名利而动心,为欲望而沉沦,为财富而计较,为得失而烦恼。世路无如贪欲险,几人到此误平生。

人生路漫漫,但过客匆匆,值得铭记的人或事不多;佳肴美酒不可胜举,值得斟酌的味道却寥寥。但或许就是这几笔在脑海中的印记,在日后长久地左右着我们的选择。

人间烟火气,最抚凡人心。老姜留下的最后这句话,柴小战依然时时在咀嚼。记忆与味道似乎总是能够交叠而至,一顿饭一杯酒,就仿佛经历了一次短暂的时光穿越之旅。或许早已物是人非,当你闭上眼回味那熟悉的味道时,又仿佛一切都没有改变过,那些你珍而重之的,仍完好地躺在你的怀中。

想到此,任盈菲打来电话,娇声抱怨婚礼在即,诸多事宜需要商定，柴小战却独自躲清闲。

柴小战的笑容浮上面颊，他告诉任盈菲有个惊喜的礼物已经送到了新家，等待她去签收。

清晨的阳光穿透薄雾，又是晴朗的一天。柴小战下楼，司机已经将黑色的阿尔法停在路边，他急切地赶回公司要跟李若楠汇报，关于最新的并购案，他已经有了一个不错的想法……

图书在版编目（CIP）数据

小江湖 / 方丈大哥著 . — 北京：北京联合出版公司 , 2022.1
　　ISBN 978-7-5596-5750-3

Ⅰ . ①小 ... Ⅱ . ①方 ... Ⅲ . ①长篇小说 — 中国 — 当代 Ⅳ . ① I247.5

中国版本图书馆 CIP 数据核字 (2021) 第 235175 号

小江湖

作　　者：方丈大哥
出 品 人：赵红仕
策划出品：一未文化
版权统筹：吴凤未
监　　制：魏　童
责任编辑：夏应鹏
封面设计：摩　奇

北京联合出版公司出版
（北京市西城区德外大街 83 号楼 9 层 100088）
天津中印联印务有限公司印刷　新华书店经销
字数 160 千字　880 毫米 ×1230 毫米　1/32　8 印张
2022 年 1 月第 1 版　2022 年 1 月第 1 次印刷
ISBN 978-7-5596-5750-3
定价：59.80 元

版权所有，侵权必究
未经许可，不得以任何方式复制或抄袭本书部分或全部内容
本书若有质量问题，请与本公司图书销售中心联系调换。
电话：010-65868687　010-64258472-800